J'ai tué mon beau-père

Émilie Tulle

J'ai tué mon beau-père

Thriller

© 2021 Emilie Tulle

Édition : BoD – Books on Demand,
12/14 rond-point des Champs-Élysées, 75008 Paris
Impression : BoD - Books on Demand, Norderstedt, Allemagne

Illustration : Sophie Brakha

ISBN : 978-2-3223780-3-6
Dépôt légal : Juillet 2021

REMERCIEMENTS

Mes remerciements vont à Élodie C., Wendy A., Maëna C, Marie D. Merci à Christelle D., Fati N.
Sans oublier Jenny Jennyfer, une bêta-lectrice au top !
Merci à toi !
Merci à mon cher mari Florian pour son soutien, son amour et sa patience.
Un immense et spécial merci à celle qui m'a redonné l'envie de reprendre l'écriture, ma cousine Cindy.
À mes fils : Marvin, Nathan et Yoann,
Ainsi que mes frères Willy et Rudy (je compte sur toi).
Un grand merci à mes parents, je vous aime, c'est pour vous.
Mon premier roman

Pour ma famille,

Sans votre soutien, je ne l'aurais pas fait

1

Mon corps me fait mal.

Je ne sais pas comment j'arrive à tenir avec ces maux de tête, et pourtant, je suis devant le commissariat de police avec mes vêtements tachés de sang. Je regarde mes mains ensanglantées puis je les cache entre mes bras, le dos cambré essayant de me réchauffer, mais mon corps grelote sous les attaques du vent. Il me fouette brutalement, en plaquant mes cheveux contre le visage. J'avance péniblement vers les escaliers qui mènent jusqu'à l'entrée.

La rue est déserte à cette heure tardive.

Je ressens une légère douleur à mes pieds, pas le temps de m'y attarder. Je commence à monter lentement les marches, puis j'accélère pour m'échauffer.

Je suis inquiète et à la fois effrayée de pénétrer dans le commissariat, je peux encore faire demi-tour. Je sais que ce n'est pas possible.

Mon mal de tête ne veut pas s'en aller alors que j'arrive enfin devant les portes coulissantes dans lesquelles je vois mon reflet, maculé de sang. Je m'arrête un court instant pour arranger ma tenue, et défroisser les plis invisibles sur ma chemise. J'enlève les quelques mèches de cheveux collées près de ma bouche.

Les portes s'ouvrent, je me retrouve au beau milieu du hall d'accueil, je marche en laissant derrière moi, de légères traces de sang.

Une horloge indique 23 h 37 et il y a encore quelques personnes qui attendent, sans remarquer ma présence. Ils sont plongés dans leur téléphone portable. Je les observe, lorsque l'agent de police à l'accueil se lève en sursaut, faisant ainsi tomber sa chaise. Le bruit invite les gens à lever leurs yeux et tous les regards sont tournés vers moi, ils sont surpris.

— Ne bougez plus Mademoiselle, me demande-t-il la main posée sur son arme par précaution. Êtes-vous blessée ?

— Non, ce sang ne m'appartient pas… dis-je, en levant les mains.

Un collègue le rejoint, et ils avancent vers moi, tout semble sous contrôle. Ils demandent aux personnes de rester calmes sans céder à la panique, la peur peut se lire sur leur visage. Une dame, d'un certain âge, n'arrive plus à tenir en place.

— Je ne suis pas armée, dis-je pour la rassurer.

Une policière intervient derrière moi sans que je m'en rende compte, et elle me demande de m'allonger lentement, pour me menotter, et me fouiller. Je ne résiste pas, car je n'ai rien de dangereux, juste du sang. Je contrôle ma respiration.

Tout va bien se passer.

Ils m'aident à me relever, nous nous dirigeons vers la porte se trouvant derrière l'accueil, l'un des quatre policiers sort son badge pour l'ouvrir. Nous nous retrouvons dans un long couloir, et marchons en silence jusqu'à l'ascenseur à l'autre bout. Je garde la tête baissée, et là je comprends mieux pourquoi j'avais mal aux pieds dans les escaliers.

Je ne porte pas de chaussures.

Les menottes me font mal aux poignets, mais je ne dis rien. Les portes de l'ascenseur s'ouvrent enfin, le sous-sol est sombre et triste, comme moi. Je me sens vide, morte et ma tête va exploser. Je suis épuisée, je veux dormir.

Ils m'ont mise dans une cellule, assise sur un banc, j'attends en regardant le sol et le carrelage froid, mes pieds glacés deviennent légèrement bleus. J'inspecte ce lieu impersonnel et insalubre. Comment peut-on mettre quelqu'un dans un tel endroit avec de la moisissure, des toiles d'araignées et une odeur désagréable ? Un claustrophobe ne peut pas tenir dans une telle pièce ni même une personne maniaque.

L'attente me parait tellement longue.

— Levez-vous, nous allons procéder à votre identification.

Deux policiers m'emmènent dans un bureau et ils m'installent avant de m'enlever les menottes.

— Merci de bien vouloir m'indiquer votre nom, prénom, et date de naissance s'il vous plait ?

— Jaylyne Plummer, née le 11 juillet 2000.

— Mademoiselle Plummer, dites-nous d'où provient ce sang.

Les yeux remplis de larmes, je regarde l'agent de police sans pouvoir prononcer un seul mot. Je vois trouble, je suis complètement dépassée que les sanglots éclatent. Tout me revient d'un coup, je me souviens de ce qu'il s'est passé. Je me sens coupable, mais je ne peux rien dire, c'est la première partie du plan, il faut attendre…

2

Le 11 mars 2016, à l'âge de 15 ans, j'ai perdu mon père, Henri Plummer, il venait d'avoir 42 ans.

Un après-midi, alors que je revenais des cours, je me suis jetée sur mon goûter, le chocolat. J'adorais le chocolat sous toutes ses formes. Mon père m'avait ramené un paquet de l'un de ses derniers déplacements. Il n'y avait personne à la maison, j'ai posé mon sac à dos sur le plan de travail de la cuisine, l'une de mes pièces préférées, on s'y sentait bien. Mon père avait tout bien arrangé pour que tout soit fonctionnel, mais aussi pour gagner du temps lorsqu'il cuisinait. Surtout pour nos dimanches en famille, avec ma mère Catherine, nous préparions tous les trois un grand repas.

La semaine, ils travaillaient beaucoup, je les voyais peu, alors ils se rattrapaient ce jour-là. C'était leur seul jour de repos, car ils travaillaient tous les deux pour Monsieur Viktor de Loornie. Un homme important de la ville, très riche et possédant un magnifique domaine avec son épouse ravissante, Anna. Mon père assurait le plus souvent la protection de Madame et le soir, il s'occupait des affaires de Monsieur. J'en savais peu sur les missions qu'il devait accomplir, il restait vague sur son métier.

Mes parents ne se plaignaient pas de travailler pour cet homme, au contraire, ces emplois leur ont permis de s'offrir une jolie maison dans un beau quartier. Même s'ils ne profitaient pas pleinement de leur demeure, cette vie leur convenait.

Je prenais toujours le temps de déballer soigneusement mon paquet de chocolat, pour éviter de le briser, et je savais déjà que j'allais me régaler. Le bruit du premier carré me donna l'eau à la bouche, je l'ai admiré sous tous ses angles avant de le mettre sous ma langue pour le faire fondre. Les yeux fermés pour savourer ce délicieux moment, je n'avais pas vu que mon père venait d'entrer dans la cuisine. Je faillis m'étouffer, surprise de le voir là si tôt, car ce n'était pas dans ses habitudes.

— Papa, qu'est-ce qu'il t'arrive ? Tout va bien ? Pourquoi es-tu là ?

— J'ai pris…mon après-midi, dit-il en bégayant. Où est ta mère ?

— Je crois qu'elle est toujours à l'agence. Elle devait finaliser quelques ventes de maisons dans le quartier pour Monsieur de Loornie. Il parait qu'il a un gros projet en tête.

— Parfait, je monte me changer, dit-il en hochant la tête.

Quelque chose n'allait pas, c'est à peine s'il m'avait écoutée en regardant partout sauf moi. Il portait des vêtements sales, des chaussures pleines de boue et il transpirait, je n'ai pas osé lui demander : pourquoi était-il si négligé ?

Sa tenue était toujours impeccable, pas un seul pli. Là, je ne le reconnaissais pas du tout, je n'ai pas eu le temps de lui demander qu'il disparût pour se rendre dans sa chambre. Son comportement semblait assez inquiétant, j'ai donc décidé à mon plus grand regret, d'abandonner mon chocolat, pour le rejoindre à l'étage. En m'approchant lentement de la porte, je l'entendais parler, je tendis l'oreille pour essayer d'écouter ce qu'il disait.

— On ne fait rien pour l'instant, il faut attendre. Non, c'est trop compliqué. J'ai dû faire quelque chose de grave, dont je n'en suis pas fier… Je n'ai pas eu le choix, disait-il avec beaucoup de tristesse. Encore une fois, je ne peux pas lui dire. Non ! Elle m'en voudra et toi aussi… Je te rappelle dès que possible.

— Papa ?

Il me cachait quelque chose, lui qui me disait tout, dès que je lui posais une question, il prenait toujours le temps de me répondre. Il portait toute son attention sur moi, même si je ne le voyais pas toujours le matin, il me laissait un mot sur ma table de chevet, sauf les jours où il devait partir en déplacement avec son patron. Alors, nous gardions le contact en échangeant de nombreuses photos par téléphone, il s'amusait à m'envoyer de drôles de selfies. Il souriait, il respirait la joie de vivre, tandis que là, il ne ressentait plus rien. Ce n'était plus le même homme.

La relation entre ma mère et moi était différente, elle ne répondait ni à mes SMS ni à mes appels, en prétextant avoir beaucoup de travail, ou qu'elle ne faisait pas attention à son téléphone.

Je fixais mon père assis sur le rebord du lit, il semblait accablé par de tristes pensées et j'avais beaucoup de peine pour lui, sans savoir quoi faire pour l'aider.

— Je te dérange ? demandai-je timidement.

— Non pas du tout, j'avais fini, as-tu besoin de quelque chose ?

Il avait les yeux rouges, légèrement humides.

— C'est plutôt à moi de te poser cette question. Es-tu certain que tout va bien papa ?

— Princesse… je vais bien. Il me semble que tu mangeais le chocolat que je t'ai ramené ?

— Oui d'ailleurs il est très bon. Papa, s'il te plait dis-moi ce qui ne va pas ? Tu m'inquiètes, dis-je en me rapprochant de lui.

Une profonde tristesse l'envahissait, quelque chose le tourmentait, mais il s'était levé pour me déposer un doux baiser sur le front. Je le pris dans mes bras, en signe de réconfort.

— Ça va, tu peux retourner à la cuisine sinon ton chocolat va fondre, dit-il.

J'avais repris un nouveau carré de chocolat, un autre, lorsque j'entendis un bruit, puis deux coups de feu, suivi d'un troisième provenant de l'étage et des éclats de verre. D'un bond, je me levai en faisant tomber mon tabouret et ma tablette de chocolat. Je courus à l'étage en montant quatre à quatre les marches de l'escalier, lorsqu'un homme vêtu tout de noir déambule et me bouscule, je fis une chute. L'individu parvint à s'enfuir en prenant la porte d'entrée. J'étais un peu sonnée, mais je réussis à me relever pour atteindre la porte entrouverte de la chambre de mes parents. Au milieu des morceaux du miroir brisé, le corps de mon père blessé au niveau du ventre, perdant beaucoup de sang. Mon cerveau anesthésié sous le poids du choc, je ne savais pas quoi faire en me jetant sur lui, je posais mes mains sur son corps et son visage. Je me mis à hurler. Il y avait trop de sang, et je me sentais incapable de redescendre dans la cuisine pour récupérer mon téléphone, je refusais de le laisser seul. Je me décidai d'ouvrir la fenêtre pour crier au secours, tout en gardant un œil sur lui, qui essayait de parler.

— Papa ! Tiens bon, je t'en prie ! dis-je en pleurs. Il faut que tu gardes des forces. Je vois nos voisins !

C'était Sofiane, mon meilleur ami et sa mère, Gloria, qui revenaient de leurs courses.

— Jaylyne ! cria la mère avec stupeur.

— C'est mon père ! Il faut faire vite s'il vous plait ! Appelez les secours, quelqu'un lui a tiré dessus.

Ma voix était noyée par les pleurs. Elle avait sorti son téléphone pour demander une ambulance, pendant que Sofiane m'avait rejoint à l'étage. Il s'arrêta bouche bée sur le pas de la porte. Nos regards voulaient tout dire.

— Trouve quelque chose pour stopper l'hémorragie.

Je cherchais autour de moi, quelque chose pour le faire, il y avait le foulard de ma mère au pied du lit, je l'ai pris. J'appuyais sur sa blessure de toutes mes forces. Il avait mal et mes larmes ne cessèrent de couler, je ne pouvais plus les contrôler. Mon père souffrait, et il tentait de me dire quelque chose, en levant légèrement la main. Je m'asseyais en posant sa tête sur mes genoux, je tremblais en gardant le foulard sur la plaie ouverte.

— Je t'aime papa… tu n'as pas le droit de partir. Ne me laisse pas j'ai besoin de toi, accroche-toi s'il te plait. Les secours ne vont pas tarder, tentai-je de le rassurer.

Il voulait toujours me dire quelque chose, j'essuyai mes larmes et je me penchai vers lui pour l'écouter. Il avait un peu de sang qui sortait de sa bouche.

— Jay, il faut prendre contact avec Eliott… Hôtel Del Pierna, murmura-t-il.

— Pourquoi ? Qui est-ce ?...

— Il le faut. Jaylyne… fait attention à toi. Je vais te donner un code : -0.761 499, répète-le…

— Oui -0.761 499… qu'est-ce que c'est ?

— Trouve le deuxième code, Jay…

— Les secours sont là, cria Sofiane.

Je ne voulais pas le laisser, il avait besoin de moi. Il perdait de plus en plus de sang.

— Princesse, j'espère que tu me pardonneras un jour. Ça va aller, tu peux y aller…

— Papa ! NON ! Lâchez-moi !

Un des secouristes m'éloigna de lui, Gloria me prit par le bras pour m'emmener hors de la pièce. Je serrai fort entre les mains le foulard imbibé de sang pour éviter de le perdre. J'étais à bout de souffle, je pleurais en regardant pour la dernière fois mon père avec les secouristes, qui se tenaient devant lui. Ils n'avaient rien pour le sauver…

— Faites quelque chose ! Sauvez mon père ! BOUGEZ-VOUS ! Il va mourir !

— Nous ne pouvons rien faire, déclara l'un des secouristes.

Je ne voulais pas quitter la chambre, mais Gloria me retenait tandis que la porte se referma.

— NON ! Laissez-moi ENTRER ! hurlai-je en me débattant. PAPA !

Il avait succombé à ses blessures, je venais de perdre, mon allié celui qui me faisait rire. J'étais dans la cuisine, silencieuse, avec mon téléphone posé sur le plan de travail. Comme je l'avais prédit, ma mère n'avait répondu à aucun de mes SMS ni à mes appels.

J'avais de légères coupures au niveau de mes mains, à cause du miroir brisé et quelques bleus causés par ma chute dans les escaliers. Je n'avais pas quitté le foulard de ma mère, je l'avais gardé contre moi. J'essayais de réfléchir, pourquoi il a été tué ? Qui était cette personne ?

Je n'avais pas réussi à bien distinguer le meurtrier, ou était-ce le fruit de mon imagination. J'ai pourtant été blessée, et personne ne m'a posé de questions. Dans cette ville, les règles sont dirigées par le patron de mes parents, Viktor de Loornie, et personne n'allait prendre ma déposition.

La mère de Sofiane m'avait proposé de dormir chez eux, je m'étais levée sans un mot et j'avais traversé la rue pour me rendre à leur maison, en regardant une dernière fois les ambulanciers. Ils n'étaient pas venus pour le sauver et je ne pouvais pas le prouver.

Les dernières paroles de mon père résonnaient dans ma tête…

Pourquoi devrais-je faire attention ? Pourquoi ces codes et qui était cet Eliott ? J'étais anéantie, perdue…

3

Nous l'avons enterré le 22 avril 2016, une journée ensoleillée. Je ne supportais plus de voir tous ces gens vêtus de noir, qui me demandaient sans cesse si j'allais bien. Certains pleuraient alors même qu'ils ne le connaissaient pas. Impossible de comparer ma peine à la leur.

Je dormais chez Sofiane depuis un mois. Gloria et Sylvio, ses parents se sont montrés bienveillants avec moi. Car depuis la mort de mon père, j'ai perdu l'appétit et je ne savais plus comment gérer mes émotions, entre de la tristesse et de la colère, alors j'ai gardé le silence.

Quant à ma mère, Catherine, bien trop préoccupée par son travail, elle a délégué l'organisation de l'enterrement à mon oncle Tony, le frère cadet de mon père.

Lorsque nous étions à l'église, le prêtre a dit que nous devions pardonner cet acte criminel. Pardonner à qui et comment faire ? Pourquoi a-t-il été tué ? Tout se répétait en boucle dans ma tête, les mêmes interrogations, toujours cette vision de lui au sol, dans son sang.

Tony et mon père se téléphonaient de temps en temps pour prendre des nouvelles. Ils se ressemblaient un peu, avec la même forme des yeux, et du nez, le même sourire, sauf la corpulence et la taille. Tony était assez mince par rapport à mon père, Henri, qui était un peu plus grand. Mon oncle faisait attention à son alimentation et travaillait beaucoup à son compte. Il ne voulait ni femme ni enfant, appréciant sa liberté, il pouvait aller où bon lui semble.

— Jay, tu peux me parler, me dit-il.

— Je me sens nulle… répondis-je la gorge nouée. Je n'ai rien pu faire pour le sauver, personne n'a rien fait… J'aurais dû rester auprès de lui.

— Ce n'est pas de ta faute. On ne sait jamais quoi faire dans ce genre de situation.

— Il me manque…

— Oui, il va beaucoup nous manquer, et tu aideras ta mère à surmonter cette épreuve. Je reste un peu en ville, si tu as besoin de moi, je dois finir quelques trucs.

— Elle n'a pas besoin de moi pour aller mieux, répondis-je en la regardant pleurer dans les bras de Jeanne, son amie du lycée.

Elle portait du rouge, une couleur que mon père appréciait, mais inappropriée pour un tel évènement, avec son petit chapeau muni d'un voile et ses cheveux bruns mis sur le côté. On pouvait voir son tatouage situé sur sa nuque, c'était un aigle avec une flamme, dont elle n'avait jamais évoqué la signification.

Le moment était venu de faire ses adieux, avant que le cercueil ne soit descendu à six pieds sous terre. Ma mère fut la première, elle réajusta son chapeau qui laissait entrevoir ses yeux et sortit son mouchoir rouge assorti également à sa robe pour sécher ses larmes.

Quand ce fut mon tour, tous les regards étaient posés sur moi, suivis par quelques chuchotements, par-ci, par-là. Certains devaient me soupçonner, ils ne savaient rien et ils parlaient.

J'étais figée face au cercueil, je portais un bonnet noir, à la limite des yeux. Je ne savais pas quoi dire, et sans réfléchir j'avais jeté la rose et puis j'étais retournée à ma place, Jeanne continuait de consoler ma mère.

Monsieur de Loornie, le patron de mes parents venait d'arriver. Il ne se déplaçait jamais seul, toujours accompagné de ses hommes, cette fois-ci sans mon père. Noam Quertic, le coéquipier de mon père, se présenta le premier, puis ce fut au tour des jumeaux, David et Mike. Ils étaient imposants de par leur taille et n'avaient pas l'air de plaisanter. Noam quant à lui, il faisait l'homme attentionné, insistant pour savoir si ma mère avait besoin de quelque chose. Elle acquiesça sans un regard pour lui, par un signe de la tête. Jeanne lui tenait la main pour la soutenir.

Après avoir présenté ses condoléances, Viktor m'avait longuement regardée, pendant que mon oncle le remercia pour sa présence. Il était ensuite retourné à son véhicule, conduit par Noam, suivi par les deux autres.

La célébration fut ainsi terminée et nous nous sommes tous rendus à la maison. Tout était en ordre, la scène de crime avait disparu. La chambre a été vidée pour ne laisser place à rien du tout, une pièce vide comme si rien n'avait eu lieu. Ma mère avait tout déménagé dans une autre pièce, elle voulait passer rapidement à autre chose.

Mes grands-parents maternels, Simon et Helena nous ont accueillis. Bien que ma mère n'ait pas de bonnes relations avec eux, ils étaient là et avaient préparé un buffet déjeunatoire pour cette fiesta funèbre. Je ne me sentais pas très à l'aise, avec tous ces gens. Alice et Sofiane mon voisin, devenu mon meilleur ami depuis qu'il a emménagé dans le quartier, étaient venus pour me tenir compagnie.

Les images me hantaient, je ne pouvais pas les gommer et je ne voulais pas non plus en parler. J'avais beaucoup pleuré, dans l'espoir qu'il revienne par miracle.

Je voulais prendre l'air, ne pas rester au milieu de toutes ces personnes, avec mes amis nous étions partis dans le jardin. Grâce à mon cher papa, j'avais une jolie balançoire, avec un coin zen pour y passer du temps avec eux. J'aimais bien sauf que je préférais de loin la cuisine. Ma grand-mère était venue s'assurer que nous allions bien, je ne lui avais pas répondu. Elle m'avait tendu une assiette en me conseillant de me nourrir, puis elle était repartie dans la maison.

— C'est bizarre, je me sens comme une orpheline.

— Ce n'est pas ça être orpheline, il te reste ta mère et puis ce n'est pas comme si tu le voyais tous les jours.

— Alice, merci pour ton soutien, dis-je légèrement agacée.

Elle avait une façon de blesser les gens gratuitement, je ne pouvais pas lui en vouloir. C'était dans sa nature, son franc-parler, et je n'avais pas le temps pour cela.

— Nous sommes vraiment désolés. Les policiers vont retrouver le meurtrier, lança Sofiane.

— Je ne pense pas. Vous avez oublié que mes parents travaillent pour de Loornie ?

Ils ne comprenaient pas où je voulais en venir.

— Aucune enquête n'a été ouverte, ils disent que c'est un vol qui a mal tourné. Fin. Affaire classée…

— En même temps, tu étais silencieuse juste après que ton père ait été tué.

— Alice, pourquoi fais-tu ça ? Tu crois que c'est ma faute ?

Je voulais lui balancer des trucs, sauf que je venais d'apercevoir au loin Noam et ma mère, en train de s'enlacer. Il essayait de la calmer, ils semblaient proches même si elle le repoussait. C'était bizarre.

— Je reviens, dis-je en sautant de la balançoire. Nous parlerons après Alice.

En me voyant, ma mère sursauta et demanda à Noam de la lâcher, celui-ci mit ses mains derrière son dos. Ils étaient tous les deux un peu gênés.

— Jaylyne, tu connais Noam ? dit-elle sur un ton sérieux après avoir repris ses esprits.

— Oui, nous venons de le voir au cimetière. C'est l'un des collègues de papa, n'est-ce pas ?

— J'étais bien plus qu'un collègue, mais un ami, rectifia-t-il.

— Mon père m'a très peu parlé de vous. Maman tu as l'air de bien le connaitre cet ami ? lui demandai-je en la fixant.

— Euh, oui, dit-elle en bégayant. Il est déjà venu plusieurs fois à l'agence… pour des transactions immobilières.

— Je vous laisse, cela ne m'intéresse pas.

Je n'avais pas envie d'en savoir plus, bien que leur relation me parût un peu louche. Noam était agacé, ma mère lui demanda de se taire sinon ils allaient se faire surprendre à nouveau.

En allant rejoindre mes amis, Viktor de Loornie surgit devant moi, je fus surprise et sursauta.

— Tu as tellement bien grandi ! Je rencontre enfin la princesse de ce cher défunt Henri, dit-il en posant une main sur mon épaule. Je suis vraiment navré par la perte brutale de ton papa.

— Que puis-je faire pour vous, Monsieur de Loornie ? Est-ce que ça va ? Si vous cherchez ma mère… elle est…

— Appelle-moi Viktor. J'appréciais ton père comme un fils, c'était un homme extraordinaire et professionnel, dit-il en toussant.

— Voulez-vous que j'aille vous chercher un verre d'eau ?

— Ça va passer, c'est une simple toux. Malgré mon âge je suis un homme fort, me répondit-il en mettant sa main devant sa bouche avec un mouchoir.

Il essayait de faire passer sa quinte de toux, à en devenir tout rouge.

— Monsieur de Loornie, vous êtes sûr que ça va ?

— Oui je te remercie, répondit-il dès que sa toux cessa.

— Mon père aimait son travail, il était investi.

— Je n'ai jamais douté de lui, et il t'aimait bien plus que tout. D'ailleurs, je suis ici pour te remettre ceci de sa part.

Il me présenta une grande et magnifique sacoche dorée avec la première lettre de mon prénom inscrite dessus, il l'avait ouverte devant moi. Mes yeux s'écarquillèrent, à l'intérieur il y avait des liasses de billets, enveloppées par tranche de 100 €, je ne saurais pas dire le montant exact.

— À sa demande, je te remets ceci. Je ne peux pas déposer cette somme sur ton compte personnel. Tout cela serait douteux, n'est-ce pas ? Les banquiers vont me contacter et il y aura beaucoup trop de paperasse à remplir. Je souhaite éviter cela.

— Je ne suis même pas majeure, je n'ai que 15 ans, que vais-je faire avec tout ça… dis-je surprise.

— C'est une sorte d'héritage, tu dois le prendre, sinon toutes les années de travail de ton papa seront perdues. Il le voulait, tu devrais lire la lettre qui est à l'intérieur.

— Ai-je vraiment le choix ? Est-ce la vérité ?

— Je t'encourage vivement d'accepter cette sacoche, insista-t-il en la tendant vers moi pour s'en débarrasser.

Je me demandais si je ne faisais pas une erreur, il me regarda d'un air satisfait, puis il s'en alla fier de lui.

— Monsieur de Loornie ! Comment va votre femme Anna ? Pouvez-vous lui dire bonjour de ma part s'il vous plait ?

Il s'arrêta pensif, silencieux, pendant quelques secondes. J'attendais qu'il dise quelque chose, mais il me fit juste un signe de la main. Il aurait pu dire qu'elle était souffrante ou autre chose. J'ai réalisé que depuis la mort de mon père, Viktor ne faisait plus aucune apparition avec elle.

Je me souvins de la première fois où je l'ai vu, je devais avoir tout juste 9 ans, elle apparaissait dans l'un des selfies de mon père. Une femme d'une beauté incroyable, une princesse.

— Elle est vraiment très belle. Quel âge a-t-elle ?

— 30 ans, m'avait-il répondu.

— Tu m'avais dit que ton patron était vieux ?

— Vieux, non. Disons qu'il a un certain âge, 78 ans. Je reconnais que cela fait une sacrée différence d'âge.

Je voulais la voir en vrai, alors il l'avait invitée à mon anniversaire, pour mes 10 ans, elle avait assisté à la fête en retrait. Puis, elle était venue quelquefois, nous rendre visite, ma mère était un peu jalouse de l'élégance d'Anna. En même temps, elle vivait avec un homme fortuné, et devait se montrer irréprochable. Du jour au lendemain, elle a cessé de venir, ne sachant pas la raison, j'ai demandé à mon père.

— Elle ne vient plus... parce que nous formions une famille parfaite.

— C'est gentil, pourquoi n'a-t-elle pas d'enfants ?

— Ce n'est pas ce qu'elle veut… Viktor de Loornie est vieux et il commence à avoir quelques soucis médicaux.

— Tu admets qu'il est vieux. Alors, pourquoi se sont-ils mariés ? Est-ce qu'elle l'aime vraiment ?

— Tu es un moulin à questions. La situation est compliquée, me répondit-il en retournant dans la lecture de son journal.

Anna connaissait bien mon père et j'étais triste de ne pas la voir à son enterrement.

Je tenais un sac plein d'argent, à l'intérieur une lettre de mon père, je n'avais pas envie de la lire.

Pas tout de suite. Je n'étais pas prête.

D'où provenait cet argent ?

4

Trois mois passèrent, nous étions en juillet 2016, tout allait si vite, et je ne me rendais compte de rien. La terre continuait de tourner, le soleil se levait chaque jour et moi je me reprochais encore et toujours de ne pas avoir pu sauver mon père. Je n'avais plus remis les pieds au lycée depuis son décès. J'avais beaucoup de mal à me lever le matin, je n'avais plus gout à rien, mon appétit n'était pas revenu et le chocolat ne me faisait plus rêver comme auparavant. Je camouflais mon corps sous des vêtements amples et sombres. Je ne prenais plus la peine de me laver les cheveux ni de faire une quelconque toilette.

Malgré les cours à distance, mon année scolaire fut un échec, je ne rendais aucun devoir parce que cela n'avait aucune importance. Alors ma mère changea de méthode en me proposant des cours à domicile avec une jeune étudiante en médecine, Florine. Je me sentais plutôt à l'aise avec elle, et je faisais l'effort de prendre une douche rapide seulement les jours où elle venait. J'appréciais sa discrétion, elle ne posait pas de questions sur la mort de mon père, elle venait uniquement pour me donner des cours deux fois par semaine. Ma mère avait aussi décidé de m'envoyer chez un psychiatre, même si je n'étais pas prête. Le jour de ma première consultation fut un jour bien particulier.

Durant le trajet qui m'avait paru si long, je restais silencieuse. Le paysage défilait lentement devant mes yeux, tandis que ma mère parlait toute seule, du moins elle me reprochait de ne pas avoir mis une tenue plus gaie. Je faisais mine de ne pas l'entendre, je regardais à travers la vitre.

Nous étions enfin arrivées et dans la salle d'attente, j'avais sorti mon téléphone pour échanger des SMS avec Sofiane et Alice. Je leur décrivais le cabinet. Le psychiatre avait du retard, j'en avais marre d'attendre et je voulais rentrer chez moi. Nous attendions depuis 40 minutes.

— Mademoiselle Jaylyne Plummer ?

— Oui, bonjour, répondis-je timidement.

— Nous pouvons y aller, suis-moi s'il te plait.

Ma mère me fit un signe de la tête pour me rassurer.

— Je reste dans la salle d'attente, je ne suis pas loin, dit-elle en me souriant.

Je disparais derrière la porte avec ce jeune psychiatre ayant une forte calvitie entourée par ses cheveux bouclés. Je le suivais en marchant derrière lui, j'examinais sa tenue vestimentaire, il portait un pantalon de velours vert-kaki. Je ne savais pas que cela était revenu à la mode, à moins que cela lui tînt chaud. Il m'ouvrit la porte de son bureau. Je fus la première à entrer et j'étais restée au milieu de la pièce, en examinant tout ce qu'il y avait autour.

— Prends place dans ce confortable fauteuil, dit-il.

— Je pensais m'allonger sur un canapé.

Il se mit à sourire.

— Je prends ça pour un non, dommage, murmurai-je.

Assise face de lui, il avait sorti ses lunettes de son tiroir et il attendait que je parle, je ne voulais rien dire pour le moment. D'ailleurs je ne savais pas par où commencer. Je continuai d'examiner la décoration de la pièce, du rose pâle, de l'orange et sur le canapé il y avait de jolis coussins roses. Cela ne correspondait pas du tout avec son activité. Les tableaux accrochés représentaient des animaux comme le dauphin, le lion, et un chat.

Il patientait sans rien dire. Plusieurs minutes s'écoulèrent et il se lança enfin dans une série de questions du style : est-ce que je vais bien aujourd'hui ? Est-ce que j'arrive à dormir ? Je répondais par oui ou non sans trop argumenter.

— Par contre, je ne crois pas que vous vous êtes présenté. Cela serait bien de le faire, vous ne pensez pas ?

— Je te prie de m'excuser. Je suis le docteur Bowen, médecin-psychiatre depuis 11 ans, j'ai eu de quelques cas comme le tien. J'ai eu quelques informations sur le décès de ton père et avant ce rendez-vous j'ai pu échanger avec ta mère…

— Vous savez donc que je n'ai pas grand-chose à vous dire, l'interrompis-je.

— Nous n'avons pas besoin d'entrer dans le vif du sujet. Nous prendrons le temps qu'il faudra. Je ne t'imposerai rien, dis-moi ce que tu veux. Peu importe, je suis là pour t'écouter.

— J'aimerais revenir en arrière et qu'il soit encore là.

— Je vois. Ta réaction est tout à fait normale…

— Impossible, personne ne peut me comprendre. Tout le monde s'en fout. Il n'est plus là et cela me rend tellement triste.

Je repensais à mon père vivant, j'étais si heureuse de le voir, de l'entendre rentrer même tardivement. Puis, je le revois étendu sur le sol de la chambre, une scène pénible à effacer de ma mémoire. Je ne me sentais pas capable de raconter les détails de cette soirée-là. Une personne s'était introduite dans la maison pour assassiner mon père, personne n'a rien fait.

— Est-ce que tu as pu parler avec lui avant qu'il ne meure ?

— Oui, un peu.

— Que t'a-t-il dit ? me demanda-t-il.

Je regardais mes mains sans rien dire.

— Prends ton temps pour te souvenir de ce soir-là.

— C'est flou, je ne sais pas trop. Je n'en ai pas envie, peut-on arrêter s'il vous plait ?

— Très bien Jaylyne, je comprends que cela soit difficile pour toi et encore une fois, nous prendrons le temps, dit-il tout confus.

Il me raccompagna à la salle d'attente. Pendant qu'il discutait avec ma mère, j'attendais avec une dame âgée qui tricotait une écharpe.

— Que fais-tu ici jeune demoiselle ?

— De quoi je me mêle ? dis-je en quittant la pièce pour me rendre à la voiture.

Le docteur Bowen voulait savoir ce que mon père m'avait dit le soir du meurtre. Quelques jours auparavant, ma mère m'avait posé la même question, quelques semaines après, mais surtout le lendemain de l'enterrement.

Il faisait chaud, je ne me sentais pas bien, j'avais des maux de tête à force de penser et quelques vertiges avaient fait leur apparition depuis que je ne me nourrissais pas correctement. Appuyée contre la voiture, j'essayais de garder l'équilibre quand ma mère fut enfin revenue. J'allais pouvoir me poser dans mon siège.

— Je te trouve bien pâle, c'est à cause du rendez-vous ? Tu iras te reposer en rentrant, dit-elle en cherchant nerveusement les clés de la voiture dans son sac. Nous avons planifié les prochains rendez-vous.

— Quoi ? Mais pourquoi ? Sont-ils obligatoires ?

— Oui Jaylyne, tu n'as pas le choix. Tout le monde pense que cela te ferait du bien de parler à quelqu'un.

— Si tu le dis.

Elle trouva enfin ses clés, je m'installai pendant qu'elle consultait son téléphone.

— Je te le répète c'est pour ton bien, dit-elle en démarrant la voiture.

— Oui maman, j'ai compris.

— Ma puce, me dit-elle en freinant brusquement en plein milieu de la rue. J'aimerais tellement te revoir avec le sourire. Florine t'apporte beaucoup parce que tu fais des efforts, et je pense que tu es sur la bonne voie.

— J'essaye…

Les voitures klaxonnèrent derrière nous, car nous bloquions la rue, après nous être excusés auprès des autres automobilistes, elle repartit. Je tenais mon téléphone dans les mains pour répondre à Sofiane qui m'avait envoyé plusieurs SMS, quand la voiture s'arrêta à nouveau brutalement. Je pensais qu'une personne nous avait percutés à l'arrière, heureusement la ceinture m'avait retenue, mais mon téléphone glissa sous le siège.

— Joyeux anniversaire ! cria-t-elle avant de descendre pour récupérer un énorme ours en peluche, dans le coffre. Mille excuses de t'avoir emmené à ton premier rendez-vous chez le psychiatre le jour de ton anniversaire. Pour me faire pardonner, est-ce que tu veux que nous fassions quelque chose rien que toutes les deux ? Un après-midi mère-fille ?

— Sofiane m'attend.

Je l'avais dit, c'était un jour bien particulier.

— Ah… Alors ce soir nous pourrions faire un plateau télé devant le film de ton choix.

— Seulement si je ne suis pas trop fatiguée.

— Je te dépose à la maison pour que tu retrouves Sofiane et je vais en profiter pour… voir Noam.

— Noam ?

— C'est pour affaires…

Elle me déposa devant la maison avec ma peluche, et repartit en vitesse. Drôle d'anniversaire.

Mon père organisait et assistait à tous mes anniversaires, ma mère s'arrangeait comme elle le pouvait. Elle n'avait rien changé à ses habitudes. Ce n'était pas grave, Sofiane était devant chez moi avec un cupcake à la fraise et une petite bougie dessus. Il tenait quelques ballons roses dans la main droite. Il était si fier de lui.

— Tu en as mis du temps ! Tiens c'est pour toi. J'espère que tu vas retrouver le sourire.

— Tout ne redeviendra pas comme avant.

— Souffle cette bougie que je vais allumer et tu feras un magnifique vœu.

Il sortit un joli briquet rose de sa poche, et tendit le cupcake vers moi.

Je fis le vœu de retrouver mon père, je fêtais mes 16 ans, et nous avons passé une bonne partie de la soirée tous les deux. Nous étions dans le salon, quand ma mère était revenue de son rendez-vous et elle était chargée de sacs de provisions.

Nous n'avions pas réussi à nous rapprocher ni à partager des moments à deux. Elle faisait autre chose les dimanches, soit son yoga, soit elle sortait avec son amie Jeanne. Et là pour mon anniversaire, elle était avec lui.

Sofiane rentra chez lui, et avant de monter me coucher, j'étais partie la voir dans la cuisine pendant qu'elle rangeait les courses.

— Est-ce que tu veux de l'aide ?

— Non, ça devrait aller. Jaylyne, j'organise un diner demain soir pour ton anniversaire.

— Merci, maman, dis-je par politesse.

— Fais-moi plaisir de prendre une douche demain ou juste laver tes cheveux.

— J'y penserai…

***

Le lendemain, elle stressait en préparant le diner, parce qu'elle voulait que tout soit parfait pour recevoir Noam. Au départ, j'ai cru à une mauvaise blague, mais elle l'avait bien invité, sans même me demander mon avis. Mon pseudo diner d'anniversaire que nous aurions dû passer toutes les deux, soit elle ne voulait pas passer du temps avec moi ou alors c'était une sorte de vengeance par rapport à hier soir.

— Jay ! Va ouvrir la porte !

Juste pour montrer que je n'étais pas réjouie de la venue de cet homme, j'avais pris mon temps pour lui ouvrir la porte. Il attendait sur le palier avec un énorme bouquet de fleurs, une casquette et des lunettes de soleil, or il faisait nuit. Je ne comprendrai jamais ces personnes qui font ce genre de choses.

— Bonjour ! Il fait chaud, je peux te donner ma veste ? dit-il en tendant sa veste en cuir.

— Bonsoir, ma mère vous attend dans la cuisine.

— Tu peux me tutoyer.

Sa proposition ne méritait pas de réponse et je n'avais pas pris sa veste. Il me suivit tout le long du couloir nous menant jusqu'à la cuisine. Ma mère l'attendait avec un verre de rosé bien frais déjà prêt pour lui. Il était content d'être reçu comme un prince, elle le remercia pour les fleurs en l'embrassant délicatement sur la joue. Il lui demanda un vase pour y mettre le bouquet.

— Regarde dans le placard d'en haut, je pense qu'il doit être là.

Sa présence dans ma maison m'exaspérait, le voir dans la cuisine avec ma mère, cela m'était insupportable. D'autant plus qu'ils se comportaient comme des adolescents. J'étais furieuse parce que c'était mon diner. Pour mieux les observer, je m'étais installée dans le salon.

— Catherine, je te trouve ravissante depuis quelque temps.

— Oui, c'est grâce à toi et cette affaire que tu m'as présentée. J'en suis ravie.

Elle se sentit gênée parce qu'il lui arrangeait les cheveux. Il se mit en face d'elle, comme s'il voulait l'embrasser, elle avait baissé la tête pour l'esquiver. Ils jouaient au chat à la souris, il voulait la prendre dans ses bras, elle refusa. Il avait tout de même réussi à s'approcher d'elle pour l'embrasser dans le creux de son cou. C'était embarrassant, à tel point que je devais y mettre un terme.

— C'est bientôt prêt ? criai-je impatiente.

— Encore quelques minutes et nous pourrons manger. Peux-tu mettre la table s'il te plait ?

Les assiettes et les couverts entre les mains, je me dirigeais vers la salle à manger, quand ma mère me stoppa.

— Jay, nous resterons dans la cuisine.

Ma tentative avait échoué, je ne voulais pas diner dans la cuisine, cela me rappelait mon père. Assise sur le tabouret, j'attendais l'entrée pendant qu'il ne quittait pas des yeux ma mère.

— Tu aimes les chats ? me demanda-t-il confus parce que je venais de le surprendre entrain de mater le postérieur de ma mère.

— Non, je suis allergique aux poils de chat.

— Cela doit être difficile pour toi.

— Voilà, nous pouvons passer à table, annonça ma mère en déposant le premier plat.

Finalement, je n'avais pas faim, et je pensais pouvoir faire l'effort de me nourrir un peu. Je regardais mon assiette, la main sur la joue, accoudée sur la table. Mon père m'aurait déjà fait une remarque, ma mère ne disait rien. Je fis semblant de manger en remuant les aliments dans mon assiette, et je ne faisais que boire de l'eau. Noam relança la conversation avec moi, en voulant savoir ce que j'aimais faire.

— Les cours se passent bien avec Florine ? Et ton psychiatre, comment est-il ?

— En quoi cela vous regarde ? Qui êtes-vous ? dis-je en me levant. Vous croyez que je vais vous raconter ma vie comme ça ? Maman, c'est quoi ça ?

J'étais vraiment furieuse et hors de moi, ma mère se retenait, tandis qu'il la rassurait avec une main posée sur son poignet.

— Jaylyne !

— On se calme, ce n'est pas grave, répondit Noam. Ce n'est pas de sa faute. Jaylyne, je suis ravi de faire tout de même ta connaissance.

— J'en ai assez ! Je monte dans ma chambre. Super cette soirée d'anniversaire, merci maman !

— Il y a ton gâteau…

— Mangez-le ! Je n'en ai rien à faire !

Je l'entendis s'excuser à nouveau auprès de Noam pour mon comportement. Comment pouvait-elle faire cela à papa en si peu de temps ?

J'entrai dans ma chambre où mon chat Callipops m'attendait sagement sur son coussin. J'avais menti, sur cette fameuse allergie.

Je me faisais toujours un chignon pour être à l'aise en tailleur sur mon lit, j'attrapai mon téléphone sur la table de chevet.

— Alors ce diner ? Tu as pu manger ? demanda Melody.

— Un diner nul. Ils m'ont énervée. Ils sont ensemble, il n'y a aucun doute…

— Reviens en cours en septembre, dit Alice.

— Je n'en sais rien pour le moment, et je ne suis pas prête. J'ai plusieurs séances avec le psychiatre et je me sens bien à la maison. Même si tout me rappelle ce qu'il s'est passé. On se parle demain, je vais me coucher.

Je remis mon téléphone en charge, et les notifications de la discussion continuèrent de s'afficher.

J'avais une salle de bains dans ma chambre, aménagée par mon père pour mes 13 ans. Je voulais faire l'effort de me brosser les dents, debout devant le miroir, en sous-vêtements, je sentais que l'on m'observait. Noam était debout dans l'entreporte. Ma brosse à dents tomba sur le sol, j'eus le temps d'attraper une mini serviette sur le rebord du lavabo.

— Oh pardon, Jaylyne, je cherchais les toilettes

— Tu te moques de moi ?

— Je t'assure, dit-il en souriant.

— Sors immédiatement de ma chambre ! dis-je furieuse et choquée.

— Bonne nuit et joyeux anniversaire, petite Jay.

Je n'en revenais pas, il n'allait pas me faire croire qu'il s'était trompé de chemin.

Dans le salon, ma mère avait mis de la musique, comme si de rien n'était. J'aurais dû descendre et lui dire que son mec était venu me mater. Je secouais la tête tellement j'étais dépitée. Je les entendais rigoler aux éclats.

Allongée dans mon lit, j'attendais de trouver le sommeil. Je fixais une légère fissure au plafond, quand ma mère vint me border, son amant venait de partir. Je fis semblant de dormir, en me tournant dans le sens opposé à elle.

— Jay, je sais que tu ne dors pas.

— Laisse-moi dormir, alors !

— Dis-moi, ce qui ne va pas ?

Je retirai la couette pour m'asseoir, je pensais que nous allions enfin avoir une discussion.

— Maman, pourquoi l'as-tu invité ?

Elle cherchait ses mots, et mettait beaucoup de temps à répondre.

— Euh, je crois que je le trouve sympa. Il est d'une grande aide et m'apporte un certain réconfort.

— Pour qui était ce diner ? Nous aurions dû être que toutes les deux. Tu es censée être en deuil, mais tu fais comme si de rien n'était. Pourquoi ?

— Ma puce… dit-elle en approchant ses mains vers moi.

— Ne me touche pas s'il te plait, je ne suis plus une enfant. C'était mon anniversaire, je devais fêter mes 16 ans avec toi ! Réponds-moi, pourquoi ?

— Je sais bien que tu es une grande jeune fille maintenant… Écoute, nous allons refaire quelque chose si tu veux, sans lui.

— Tu es vraiment énervante, répondis-je exaspérée en me remettant sous la couette. Tu ne m'écoutes jamais !

Elle sortit de ma chambre sans me répondre.

5

Il parait que le dessin aidait à faire le deuil, en exprimant ce que nous avons sur le cœur, comme le traumatisme subi face à la perte d'un proche. J'avais déjà assisté à deux ateliers de peinture, ma toile restait blanche. Je préférais m'amuser avec le tabouret en tournant sur moi-même et les pinceaux entre les doigts. Tandis que les autres élèves restaient concentrés sur leur œuvre d'art, si fiers d'eux, moi j'étais ailleurs.

Lors du troisième cours, j'en eus assez. Il fallait vraiment y mettre un terme, je perdais mon temps. Ce jour-là, ma mère m'attendait dans la voiture pour me ramener à la maison.

— Ma puce, je suis à court d'idées. Tu ne vas pas rester comme ça pendant des années sans parler, ni sourire, ni manger.

— Je parle… sauf que la peinture, dessiner ce n'est pas mon truc, tu n'as qu'à le faire toi ! dis-je en colère. Cela fait

5 mois que papa est mort, la police n'a rien fait et toi non plus d'ailleurs ! Personne n'a cherché à savoir pourquoi il a été tué ! Tout le monde s'en fout, même toi…

— Non c'est faux, j'aimais ton père, il était bon.

— Bon ? C'est tout ce que tu trouves à dire ?

J'étais choquée, visiblement elle ne savait pas employer les bons mots. Quand on aime son mari, le père de son enfant, on ne peut pas dire *il était bon*. Ma mère ne me comprenait pas.

— Pour toi, c'est encore douloureux, parce que vous étiez très proches l'un de l'autre, et aussi parce que tu étais présente lorsqu'il est mort.

— Et alors ? Maintenant, j'ai besoin de toi, pas d'un psychiatre ni de cours de peinture ! Tu crois que je peux oublier en allant à des ateliers de dessins pourris ?

— Tu aimerais te confier à moi ?

— Qu'est-ce que tu veux que je te dise ? Que c'est dur pour moi, ça, tu le sais déjà !

— Ton père t'a dit des choses avant de mourir ? Peut-être que nous pourrions aussi échanger sur ce qu'il s'est passé ce soir-là ?

— Maman, j'ai essayé de te joindre en vain ! Tu n'étais pas là quand j'ai eu besoin de toi !

— Je sais bien, je… Je n'avais pas mon téléphone à proximité.

— Arrête de trouver une excuse ! Je n'ai pas été interrogée, pourquoi me questionnes-tu là maintenant ? Pourquoi la police a-t-elle clôturé l'enquête ? En quoi cela t'intéresse-t-il de savoir ses dernières paroles alors que le coupable est toujours dehors ?

Elle secouait la tête, car elle ne savait pas quoi répondre, je voulais lui faire comprendre que j'étais vraiment à bout en l'accablant de questions à mon tour.

— Merci, maman, tu m'aides beaucoup ! Tu sais ce que tu devrais faire : demander une réouverture de l'enquête sur le meurtre de TON mari !

— Tu as dû mal voir dans la panique. Jaylyne, cela ne le fera pas revenir de dire que tu as vu une personne s'enfuir.

— Je m'en fiche maman ! Je veux savoir pourquoi il a été tué et par qui ? Est-ce si dur à comprendre ?

— Je t'en prie calme-toi, je vais voir ce que je peux faire.

— Arrête de me demander de me calmer ! Et annule-moi tes fichus trucs de dessins ! criai-je en sortant de la voiture.

J'étais très en colère, en claquant la portière derrière moi, et j'ai pris un taxi pour rentrer. Un dernier regard vers ma mère furieuse, qui frappait sur le volant de sa voiture au point de klaxonner. Je ne l'avais jamais vu dans cet état-là, son comportement était de plus en plus bizarre. Elle sortait officiellement avec Noam, et me posait souvent des questions sur mon père.

***

Arrivée la première à la maison et Florine, ne devait pas tarder à venir, pour me remettre les derniers devoirs corrigés de la semaine dernière. J'étais plutôt satisfaite de mes progrès.

Mon chat se promenait dans le salon vide et silencieux, il se frottait sur chaque meuble. Je lui fis une caresse, puis je partis me servir un verre de jus de fruits dans le réfrigérateur. Il y avait encore le paquet de chocolat que j'avais commencé à manger le jour du drame. Il devait être moisi à l'intérieur, comme moi. Je n'avais pas envie de le jeter, cela me permettait de ne pas oublier. J'avais interdit à ma mère d'y toucher, même si elle trouvait cela répugnant.

Depuis mon départ de l'atelier, je recevais beaucoup de SMS d'Alice et Melody, elles insistaient pour que je vienne dans le petit parc de notre quartier. Avec beaucoup d'hésitation, je remis mes baskets et j'acceptai d'y aller.

— Jay !! Qu'est-ce que tu nous manques, petite conne !

— Toujours avec ton surnom insultant, Alice. Qu'est-ce que vous voulez ? Est-ce que c'était important pour que je me déplace ?

— Tu poses beaucoup de questions !

— Pardon, ma mère me contrarie beaucoup en ce moment. Je suis désolée.

— Elle voulait t'annoncer que j'avais un petit ami, dit Melody en soupirant. Mais en fait non, c'est un ami…

Contrairement à Alice, Melody était de nature discrète et un peu craintive. Elle faisait parfois des choses sans réfléchir pour vaincre sa peur, puis le lendemain elle était remplie de remords.

— Quelle petite menteuse, tout le monde vous a surpris en train de vous embrasser dans les couloirs du lycée.

— Cela ne veut pas dire que c'est mon petit ami comme tu dis. Je voulais savoir si j'en étais capable.

— Elle a raison, ce n'est pas son petit ami, affirmai-je.

— Depuis quand prends-tu la défense de Melody ? demanda Alice avec étonnement. Bref, passons aux banalités : comment vas-tu ?

— Tout va bien.

— Tu te souviens encore de tout ?

— Je ne sais même pas si ce que j'ai vu est vrai ou pas. Les secours sont arrivés et… j'ai eu l'impression qu'ils n'ont rien fait.

— Sofiane nous a un peu décrit la chambre où ton père est mort, et euh... que tu n'étais plus la même. Cela a dû être horrible, dit Melody.

— On arrête là, je ne veux plus en parler…

Elles continuèrent de parler pendant que les images me revenaient. Je sentais de légers picotements aux yeux, j'étais figée tout en retenant mes larmes. Elles me demandèrent si j'allais bien. Je ne répondis pas et je partis sans leur dire au revoir.

De retour dans la maison, je tournais en rond dans le salon en attendant Florine.

Melody et Alice vivaient leur vie, moi je me sentais seule et malheureuse. Parfois, il m'arrivait de regarder pendant des heures mon téléphone dans l'espoir de recevoir un texto de mon père. Je me disais aussi que je ne méritais pas d'être en vie, je voulais en finir avec cette douleur. Mon père me manquait terriblement.

Je montai dans ma chambre, je sortis la sacoche dorée que Viktor de Loornie m'avait remise le jour de l'enterrement.

Elle était bien grosse, je regardais les billets emballés et la lettre de mon père. Il fallait trouver le bon moment pour la lire.

Que pouvait-il bien m'écrire ?

Mon téléphone portable sonna et me ramena à la réalité, je chassai toutes les idées négatives de ma tête pour répondre.

— Je tiens à m'excuser de t'avoir fait venir inutilement au parc. Je pensais que tu allais rigoler… je me suis trompée. Je ne sais pas ce que c'est la tristesse. Je n'ai jamais perdu quelqu'un de proche.

— C'est bon Alice, ne t'inquiète pas. Cela m'a permis de prendre l'air et de vous revoir un peu. De faire autre chose que d'aller chez le psy.

— Tant mieux, si tu veux ressortir à nouveau : je prépare une fête avec un ami que j'apprécie beaucoup, Joachim. C'est dans quelques mois, et j'aimerai tellement que tu sois là, tu es d'ailleurs obligée de venir !

Une fête ? J'étais soudainement prise de panique, d'angoisses, je ne savais pas quoi répondre. Je sentais les battements intenses de mon cœur, pendant qu'Alice s'impatientait à l'autre bout du fil. Je ne savais pas quoi répondre.

— Jay, tu es toujours là ? Je considère ton silence comme un oui, tu n'as pas vraiment le choix. Tu dois sortir, reprendre le cours de ta vie comme avant.

— Alice, je ne peux pas… je ne suis pas prête, dis-je. En plus, il y aura des élèves du lycée ?

— On s'en fout, p'tite conne ! Bien sûr que tu peux. Rhododendron.

— Rhododendron ?? répétai-je.

— C'est une plante. Je te dis à plus !

Elle sortait parfois des mots pour détourner la conversation. J'étais donc invitée à une fête.

***

Les consultations chez le psychiatre s'enchainaient, il devenait de plus en plus insistant sur le meurtre de mon père. Non seulement je n'avançais pas avec lui, mais en plus je n'étais pas à l'aise, alors je restais silencieuse lors des séances. Juste pour faire plaisir à ma mère, je m'y rendais, pendant qu'elle faisait entrer Noam petit à petit dans nos vies.

Celui-ci venait presque tous les mercredis soir, il dormait chez nous, dans son lit à ses côtés du vendredi au dimanche. Je montrais que je pouvais faire des efforts, en me rendant quelquefois chez Alice ou Melody. Je dormais chez elles, histoire aussi de me changer les idées.

Ma mère se réjouissait de me voir prendre à nouveau des douches et me laver les cheveux, je faisais semblant d'aller bien pour qu'elle me laisse en paix.

Novembre 2016, en l'espace de 8 mois, elle proposa à Noam de s'installer chez nous. J'en étais malade, elle avait détruit la mémoire de mon père en si peu de temps.

Le jour de son emménagement, elle nettoyait à fond tous les coins et recoins de la maison, allant jusqu'à passer un coup de tondeuse dans notre jardin, en plein hiver. Elle ne se rendait pas compte à quel point elle se ridiculisait. Je l'observais de la fenêtre de ma chambre. Que pouvait-il bien lui apporter, pour qu'elle se donne autant de mal ? Il était évident qu'ils devaient se connaître pour être aussi proches. Leur complicité me donnait l'envie de gerber.

J'avais attrapé un pull, et j'étais descendue m'asseoir sur l'une des marches de la véranda. Étonnée de me voir là, elle arrêta la tondeuse.

— Ma puce, que fais-tu là ? Le bruit t'empêche de réviser ?

— Pas du tout. Je suis venue voir ce spectacle qui est bien plus captivant.

— Ne te moque pas de moi s'il te plait.

— Dans l'entrée, j'ai remarqué quelques cartons, est-ce les affaires de papa ?

— Exact, j'ai l'intention de les donner à une association, me répondit-elle en enlevant ses gants.

— Encore une fois, tu ne prends même pas la peine de m'en parler ?

— Écoute Jaylyne, je suis ta mère et une femme veuve, je n'ai aucun compte à te rendre. Il fallait trier et débarrasser certains endroits pour faire de la place, donc oui je n'ai pas jugé utile de t'en parler.

— Ça t'arrange bien… *femme veuve* !

Elle n'avait pas perdu de temps pour refaire rapidement sa vie, pour une femme venant de perdre son mari, elle le vivait plutôt bien. Son attitude me rendait folle.

— Mon avis compte tellement peu pour toi. Tu ne penses qu'à ton petit confort et ta nouvelle vie de femme veuve !

— Jaylyne ! Ne recommence pas ! C'est la vie et il faudra y faire face.

— La seule chose que je te demande c'est lorsqu'il s'agit de papa, il faut que tu m'en parles ! dis-je me levant. Tu n'as pas le droit de me faire ça. C'était mon père !

— Pas la peine de t'énerver, j'ai compris. Prends ce que tu veux dans les cartons, je ne vais pas les déposer tout de suite.

— Inutile de me donner ton autorisation pour me servir !

Au même moment, Jeanne l'amie de ma mère venait de sonner à la porte et elle était entrée sans attendre.

— Bonjour ! criai-je.

— Oui, bonjour-bonjour, je dois parler à ta mère ! dit-elle en se précipitant dans le jardin.

Puis, au tour de Noam d'entrer avec un simple bagage, j'étais debout dans le couloir et lui à l'autre bout sans rien dire. Ma mère courut vers lui et sauta à son cou pour l'embrasser, je me sentais un peu comme une intruse dans ma propre maison.

Pour le diner, elle avait préparé un apéro dinatoire avec des toasts, des petits fours salés et sucrés. La véranda était décorée pour l'occasion avec des bougies, et nous étions tous assis avec nos plaids, j'étais là par pure obligation. Je les observais, ma mère avait changé de comportement face à cet homme, plus rien n'existait mis à part lui. Il avait un regard de charmeur, et les yeux de ma mère brillaient. Elle buvait ses paroles et je la trouvais énervante, avec toutes les marques d'attentions qu'elle lui portait. Dès qu'elle pouvait poser sa main sur lui, elle le faisait et lui ne se gênait pas pour la caresser dans le dos ou lui faire des bisous dans le creux de son cou. J'en eus assez de cette soirée, avec Jeanne qui exhibait sa bague de fiançailles sans citer le nom de son mystérieux prétendant et ma mère qui répétait sans cesse combien elle avait de la chance.

J'étais montée dans ma chambre et la fatigue eut raison de moi que je m'assoupis avec mes vêtements. Alors que je semblais dormir, quelque chose me gênait, un poids énorme, j'essayais de me dégager.

Lorsque j'ouvris les yeux, Noam se trouvait allongé sur moi et me bloquait au niveau du cou avec son bras.

— Ne dis pas un mot ou je t'étrangle. Je peux m'enfuir comme celui qui a tué ton père et personne ne pourra jamais me retrouver, car je travaille pour Monsieur de Loornie.

Je hochai la tête.

— C'est bien, tu es une gentille princesse. Maintenant, laisse-toi faire. Je vais te donner une bonne leçon pour ton insolence et me venger un peu ! Depuis le temps que j'attends ça, c'est mon cadeau de bienvenue.

Il commença à descendre sa main vers mon entrejambe, je tentai de me débattre à nouveau, il me rappela à l'ordre. Sa main s'inséra dans ma culotte, en appuyant fort sur mon sexe, il me fit mal en introduisant ses doigts à l'intérieur de moi. Je criais en silence. Son autre main continuait de me maintenir au cou à la limite de l'étranglement. Il se frottait sur mon corps tout en m'écrasant de tout son poids. Je ne comprenais pas ce qu'il se passait, j'étais ailleurs, mon âme avait quitté mon corps. Impossible de retenir mes larmes, mais elles coulaient toutes seules sans que je puisse les contrôler. Ses yeux noirs menaçants me fixaient, elles brillaient dans l'obscurité, on ne pouvait voir que cela et le couteau qu'il venait de sortir. La lame froide glissa le long de ma joue, il coupa mon t-shirt ainsi que mon soutien-gorge. Mes yeux se fermèrent, j'espérais que tout ceci soit le fruit de mon imagination, un cauchemar dans lequel j'allais bientôt me réveiller.

Il s'était enfin levé et je sentis de drôles de gouttes chaudes sur mon visage, sur mon ventre. Je gardais toujours les yeux fermés.

Je ne voulais pas le voir, j'attendais encore un peu, lorsque je fus certaine qu'il ne se trouvait plus dans ma chambre, j'ai pu ouvrir les yeux. Je tremblais, je ne savais pas quoi faire, quoi dire. Il venait d'abuser de moi, je croyais avoir rêvé. J'ai attendu encore quelques minutes en contemplant le plafond, immobile sur mon lit.

Je n'y connaissais rien au sexe, et je venais d'être humiliée. Je m'étais levée lentement, en essayant de me tenir avec le coin de mon bureau et la chaise. Je ne sentais plus mon corps, j'avais perdu le contrôle de mes jambes tremblotantes, qu'il m'était impossible de courir jusqu'à la salle de bains. Sous la douche, j'avais commencé par me savonner de la tête au pied, j'avais l'impression d'en avoir partout et cette odeur tellement répugnante. Je frottais encore et encore, pour toutes les fois où je n'avais pas voulu me laver, je frottais de plus en plus fort. Je voulais un produit encore plus puissant que le gel douche et le savon.

Je me mis à fouiller dans le placard en dessus du lavabo, je jetai par terre tous les flacons, les bouteilles inutiles, et je pris le gel nettoyant pour récurer les toilettes, il ferait bien l'affaire. Malgré le nettoyage, j'avais encore l'impression de sentir encore son odeur sur moi. Je n'arrivais plus à respirer, j'avais la gorge nouée et je tremblais. Mes yeux me brulaient.

En essayant d'aller aussi vite que je le pouvais, j'enfilais avec difficultés quatre culottes, deux brassières et deux pantalons, un t-shirt à manches, un pull et un sweat à capuches. Je voulais me sentir protéger et je venais de me créer une sorte d'amure.

Mon lit était souillé, hors de question d'y retourner, j'avais déposé tous les draps et la housse de couette dans le panier à linge. Cachée dans un coin de ma chambre, j'avais peur qu'il ne revienne, peur qu'il me fasse à nouveau mal. Une envie de vomir, mon cœur me faisait mal et la nuit allait être longue. Callipops m'avait tenu compagnie, un chien m'aurait été bien plus utile.

Le lendemain, réveillée en sursaut aux alentours de 5 heures du matin, sur le sol de ma chambre. En me regardant quelques secondes devant le miroir de la salle de bains, je ne ressemblais à rien, j'avais d'horribles cernes. Je ne réalisai pas ce qu'il s'était passé, mais je ne devais pas rester dans cette maison, la seule solution, m'enfuir par la fenêtre de ma chambre, descendre le long du tuyau d'évacuation des eaux, et traverser le jardin.

Enfin, j'ai réussi à courir vers la maison de Sofiane, par chance il était dans la cuisine de ses parents. Très surpris de me voir, il se précipita pour m'ouvrir la porte.

— Jay ! Mais… qu'est-ce que… cette tenue ? Qu'est-ce que tu fous là ?

J'éclatai en sanglots dans ses bras.

6

Nous étions dans la cuisine, il avait récupéré une couverture pour la poser sur mes épaules, j'aurais dû refuser, car j'avais déjà trop chaud avec toutes les couches de vêtements que je portais. Il avait attendu quelques minutes, avant de prendre la décision de chauffer de l'eau.

— Je vais faire du thé.

Je regardais par la fenêtre, le jour se levait doucement, et certains habitants du quartier faisaient leur jogging du matin.

Le bruit de la théière me fit sursauter.

— Pourquoi es-tu si matinale ? Que t'est-il arrivé ? me demanda-t-il en tendant la tasse.

— Je ne sais pas.

— Comment ça tu ne sais pas ?

— Sofiane, s'il te plait n'insiste pas… Je suis fatiguée, est-ce que je peux emprunter ton lit ?

— Fais comme chez toi.

Depuis leur emménagement dans le quartier, la rénovation de leur maison n'avait jamais été effectuée. La décoration n'était pas au gout du jour, les mêmes photos accrochées sur les murs depuis des années. Le même papier peint, des couleurs pas terribles. La chambre de Sofiane se trouvait à l'étage, comme la mienne, elle donnait côté rue et moi côté jardin.

Quand leur fille ainée Judith quitta le foyer familial, Gloria, leur mère devint protectrice. Sa sœur leur avait caché, son union avec un homme beaucoup plus âgé qu'elle ; le mariage est autorisé dans notre ville sans autorisation des parents. Lors de l'obtention de son diplôme, elle leur annonça ce grand secret. Sylvio le père fut le plus choqué. L'homme que Judith avait épousé était son premier amour et elle voulait passer le restant de ses jours avec lui.

Je m'arrêtai devant l'entrée de sa chambre restée intacte. Je me souvins du jour de son départ, c'était un dimanche, mon père et moi observions la scène. Sa mère l'a supplié, en essayant de la retenir en vain. De l'autre côté, il y avait son père qui ne se gênait pas pour l'insulter de tous les noms. Il n'en avait rien à faire qu'elle soit sa fille.

Judith ne prêtait aucune attention à ce qu'il disait, elle donnait ses valises au chauffeur de taxi qui l'attendait. Sofiane était à la fenêtre de sa chambre, ils s'étaient regardés une dernière fois, puis elle était montée dans la voiture qui démarra dès que la portière fut refermée.

Je trouvais son départ triste et mon père aussi.

— Ils vont s'en remettre avec le temps, je vais aller réconforter Gloria, avait-il dit.

Dès que la voiture fut partie, la mère était restée assise sous le perron de sa maison en pleurs, mon père l'avait rejoint. Elle avait toujours gardé espoir que sa fille revienne, alors elle changeait les draps du lit régulièrement, et elle faisait le ménage chaque jour.

Sofiane m'avait confié que son père voulait y installer un bureau ou en faire une salle de détente, cela ne pourrait jamais arriver.

Mes doigts effleuraient le lit, je pris un des oreillers pour le sentir. Je voulais m'endormir et oublier la nuit dernière, ne plus penser. Sans réfléchir, j'étais montée sur le lit et je m'étais allongée, mes yeux se fermèrent doucement.

Je me réveillai en sueur, j'avais oublié de retirer mes vêtements, mes cheveux et le lit étaient trempés. Il faisait déjà nuit dehors, j'étais complètement désorientée, j'avais perdu la notion du temps.

La veilleuse de Judith était allumée au pied du lit et en levant la tête vers la porte d'entrée, Gloria et Sylvio s'y tenaient.

— Je vous prie de m'excuser, je ne voulais pas… dis-je en m'essuyant le visage tout humide.

— Jaylyne, ce n'est pas grave, me rassura-t-elle.

— C'est la chambre de votre fille et je n'aurais pas dû… J'ai tout dérangé. À la base je devais…

— Elle est partie, plus rien ne lui appartient ici, me coupa le père.

— Nous avons préparé le repas, reprit la mère en levant les yeux au ciel.

— Quelle heure est-il ? Ma mère doit certainement s'inquiéter.

— Nous l'avons prévenu, tout va bien. Il y a tout ce qu'il te faut sur la commode, et puis tu connais la maison. Descends quand tu seras prête.

Cette famille était vraiment d'une bienveillance, ils avaient pris soin de moi pendant un mois, juste après la mort de mon père. Peut-être que j'aurais pu leur dire pour Noam. Je n'arrivais pas et cela m'était impossible d'en parler. Je me sentais sale, couverte de honte.

Je mis mes vêtements dans un sac et pris ceux préparés par Gloria appartenant à Judith. La peau de mon corps avait mal réagi à cause du gel nettoyant ménager et j'avais quelques rougeurs notamment entre mes jambes. Cependant, je n'osais pas regarder de plus près. Je préférais ignorer cette partie de mon corps en me concentrant sur l'odeur et la douceur du peignoir. Lorsque Sofiane débarqua dans la salle de bains, il s'installa sur le tabouret avec les jambes croisées.

— Ne me fixe pas comme ça ! Je ne te dirais rien, parce que tu ne comprendrais pas !

— Sympa de me prendre pour un abruti…

— Ce n'est pas ce que j'ai voulu dire. Ce n'est rien !

— Vraiment ? Menteuse. Tu me caches quelque chose !

— C'est à cause d'un cauchemar… sur mon père que je suis venue.

— Tu te fous de moi ? Ne te fatigue pas, j'ai bien compris. Garde tes petits secrets et ne viens pas pleurer la prochaine fois, dit-il en quittant la salle de bains.

Je poussai un long soupir, mon reflet dans le miroir me dégoutait. Il ne pouvait rien faire pour moi. Je les rejoignis à table dès que je fus prête, Sofiane se trouvait en face de son père, il faisait la tête. Sa mère me proposa de m'asseoir à côté d'elle.

— As-tu bien dormi ? me demanda Gloria.

— Oui, je vous remercie et vous présente encore toutes mes excuses.

— Ce n'est rien. Je te sers un peu de soupe ?

L'espace d'un court instant, ce repas me réconfortait. Je me sentais si bien.

— Pensez-vous que Judith va revenir ? demandai-je.

Sofiane leva la tête de son bol pour me faire signe que non de la tête, le père lui continuait de manger, comme s'il n'avait rien entendu.

— C'est très gentil de demander, me répondit la mère en se servant de la salade. Il y a une semaine, je l'ai eue au téléphone…

— Comment ça ? demanda le père en laissant tomber sa cuillère.

— Tu as très bien entendu, Sylvio, j'ai eu NOTRE fille au téléphone. D'ailleurs, je l'ai souvent au téléphone et elle va bien si tu veux savoir.

— Cette garce ? TA fille ! hurla-t-il.

— NOTRE fille ! cria-t-elle en tapant du poing sur la table. Je t'interdis de l'insulter. Cela fait 4 ans déjà, cesse d'être aussi amer envers elle.

Sofiane et moi étions gênés par la situation, il secouait la tête, parce que j'aurais mieux fait de me taire.

— JE REFUSE ! hurla-t-il furieux.

Il s'était mis debout très mécontent, Gloria resta de marbre et continua de parler.

— Judith travaille avec son mari et ils ont eu d'adorables petits garçons, des jumeaux. Je suis une grand-mère comblée, dit-elle avec fierté.

On ressentait son envie de se confier, mais aussi de partager cette bonne nouvelle.

— Tais-toi Gloria !

— Notre fille va bien, répéta-t-elle en regardant Sylvio. Son mari est une bonne personne.

— Cela ne m'intéresse pas, Gloria !

Je ne pouvais plus rien avaler, je me sentais coupable d'avoir déclenché cette dispute, Sofiane allait encore plus m'en vouloir.

— Monsieur, Sylvio… Pourquoi êtes-vous si en colère ?

— Cette fille m'a menti ! Mon ami m'a trahi ! Jamais je ne l'accepterai et il en sera de même pour toi, Sofiane. Judith est une grande déception pour ma famille. Je l'ai perdu.

— Papa, tu vas perdre un fils aussi. J'aime les garçons.

Dans un excès de colère, Sylvio balança son bol de soupe en direction de son fils, qui a juste eu le temps de se baisser en l'évitant de justesse. Sinon il allait le recevoir en pleine tête. Son père quitta précipitamment la pièce. Il avait beaucoup de rancœur. Il était temps pour moi de m'en aller, je n'avais pas besoin de ça en ce moment. Je me sentais encore plus fautive, alors que le début du repas se passait bien.

— Je te rassure mon mari va se calmer d'ici là. Sofiane a profité de la situation. Qu'est-ce qu'il t'a pris de lui annoncer maintenant ?

— C'était pour qu'il arrête. OK, son meilleur ami a épousé sa fille, mais au lieu de s'en prendre à lui, il renie ma sœur. Je voulais défendre Judith tout simplement.

— N'importe quoi ! Débarrasse cette table pendant que je raccompagne ton amie…

— Votre fille est donc avec un ami de Sylvio ?

— Oui… cela dérange mon mari vu que son ami a vu Judith grandir. Il venait souvent à la maison, leur amitié en a pris un coup. Je peux le comprendre, mais cela reste ma fille, m'expliqua-t-elle me prenant dans ses bras.

Malgré le fait qu'elle soit si douce avec moi, je me sentais incapable de me confier à elle.

— Tout ce qui compte c'est que ma fille est heureuse.

— Vous avez raison, Gloria.

Elle posa ses mains sur mes épaules pour me regarder attentivement.

— Je n'ai pas eu le temps de parler avec toi depuis le décès de ton père, tout est allé si vite… et d'un autre côté, j'ai respecté ton silence.

— Je vais bien.

— Tu mens très bien, je le vois, car je suis une maman. Les mères voient tout. Dis-moi la vérité, nous pouvons parler.

— Je vais bien. Merci Gloria… Bonne soirée.

Je traversai la rue et une fois de l'autre côté, elle referma la porte après m'avoir fait un signe de la main. J'ai repris le même parcours que ce matin, la barrière du jardin grinça, j'étais face au tuyau, prête à grimper. Je restai immobile quand je sentis une odeur de cigarette juste derrière moi.

— Alors jeune fille, on a fait le mur ?

— Non, répondis-je sèchement en me retournant.

Je n'arrivais toujours pas à distinguer l'expression de son visage dans l'obscurité, j'essayais de retenir ma respiration sans bouger. Il s'approcha de moi pour me souffler sa fumée au visage. Mes poings étaient si serrés que je sentais mes ongles s'enfoncer à l'intérieur de la paume de mes mains.

— J'espère que tu n'as rien dit.

— Dire quoi ?

— Ne recommence pas à faire ton insolente, dit-il sur un ton très menaçant. Je n'aime pas ça.

— J'ai compris la leçon, tu veux jouer au beau-père méchant, alors je ne dirais rien... Maintenant, je peux rentrer ?

— Ce n'est pas du tout cela.

Il s'approcha encore plus près pour me renifler comme un chien, puis il attrapa brusquement l'un de mes poignets pour éteindre son mégot. Je sentais les picotements dans le creux de ma main, avec une odeur de brulé. Je retins mes cris.

— Ce que je veux en fait, c'est te voir souffrir, te détruire, dit-il en appuyant fort sur le mégot. Tu as mal, n'est-ce pas ? Ce n'est que le début. Ne fais plus l'insolente ! Ne quitte plus cette maison.

Je suis rentrée par la porte de la cuisine, j'ai passé ma main sous l'eau froide pour atténuer la douleur. Il m'avait tellement serré le poignet, qu'il était rouge. Nos regards se croisèrent à travers la fenêtre, il profita pour allumer une nouvelle cigarette.

Quand j'eus fini, je fis un bref arrêt, devant le miroir du couloir de l'entrée, les joues rouges, j'avais peur et je voulais essayer d'en parler à ma mère. Une mère voit tout selon Gloria.

— Bonsoir, maman, je suis rentrée, dis-je en pénétrant dans sa chambre.

— Oh ma puce ! Nous étions inquiets pour toi, surtout Noam, me dit-elle en déposant son livre sur la table de chevet.

— Vraiment maman ? Il s'inquiétait ! Dis-moi que c'est une blague ?

— Non je t'assure. Il t'apprécie vraiment, continua-t-elle en me regardant à peine.

Visiblement, ce n'était pas une mère. Non seulement elle ne voyait pas que je n'allais pas bien, mais en plus elle n'était pas prête à entendre ce que j'avais à lui dire. Je sortis en reculant de sa chambre.

— Ça va chez Sofiane ? Ses parents vont bien ?

— Justement, cela ne te dérange pas que Sofiane vienne dormir à la maison ?

— Bien sûr que non. Est-ce que tu avais autre chose à me dire ? J'aimerais terminer le chapitre de mon livre avant que Noam ne monte se coucher.

— Rien, dis-je en soupirant.

Je refermai la porte et sortis mon téléphone, pour composer le numéro de Sofiane. Je savais qu'il allait accepter de venir, en même temps il n'avait pas le choix, son père était furieux contre lui. Il devait se faire tout petit pendant un moment.

Quelques minutes plus tard, il m'avait aidée à sortir le lit gonflable pour l'installer dans ma chambre.

— Cette soirée pyjama improvisée tombe bien, parce que nous n'avons pas pu finir notre conversation de tout à l'heure.

— Tu ne lâcheras jamais.

— J'aime bien le mot : jamais. Dois-je te rappeler que par ta faute mes parents se sont disputés ?

— Je ne sais pas si je pourrais, c'est compliqué, répondis-je. En revanche, je suis désolée pour tes parents, vraiment. Si j'avais su…enfin tu es là c'est le plus important.

Allongés dans le lit gonflable, côte à côte, main dans la main, je me sentais confiante avec lui. Nous regardions le plafond, mes larmes ruisselaient le long de mes joues, et il n'avait rien remarqué.

7

Le lendemain, je fus la première debout, je n'ai pas osé réveiller Sofiane qui dormait tellement bien. Je ne voulais pas non plus descendre toute seule pour prendre le petit déjeuner, alors j'ai attendu en haut des escaliers. La maison était calme, et je jouais avec Callipops, quand Noam revint d'un jogging, il m'avait dévisagée. Je m'étais levée pour me réfugier dans ma chambre, par manque de temps, il me saisit par le bras, me tira vers l'arrière. Je perdis l'équilibre, trébucha dans les escaliers, et ma tête se cogna sur le rebord de la porte d'entrée. Un peu étourdie, je le voyais s'avancer vers moi. Prise de panique, mon cœur battait à cent à l'heure, le souffle court.

— Ce n'est pas avec la venue ton petit ami que tu vas m'empêcher de te faire du mal. Non, cela ne marche pas avec moi, jeune fille.

— Il ne sait rien, je n'ai rien dit, répondis-je en panique.

— Ferme-la ! cria-t-il en me giflant.

Il s'approcha plus près de mon visage pour me lécher la joue, son haleine dégageait une forte odeur de tabac froid. J'avais envie de gerber, lorsqu'il me mit un coup de poing dans le ventre puis un second encore plus fort. Je me tordais de douleur pendant qu'il me traîna jusqu'à la cuisine par les cheveux, j'essayais d'attraper sa main pour me libérer, mais mon ventre me faisait mal. Il me balança contre la cuisinière, le choc me provoqua une terrible douleur dans le bas du dos, j'osais espérer que ma mère ou même Sofiane viennent à mon secours.

— Écoute bien : je NE veux PAS avoir le rôle du beau père violent et violeur comme dans certaines histoires, dit-il en se baissant à mon niveau. Comme je te l'ai dit hier soir, je veux te faire du mal, que tu souffres… une sorte de vengeance personnelle et professionnelle.

— Comment ça une vengeance professionnelle ? Personne ne dit ça…

— Ton insolence m'est insupportable ! dit-il en me giflant à nouveau.

Je calme la couleur en posant rapidement ma main sur ma joue. Il grognait comme un chien enragé.

Je sentais le pouls de mon cœur dans ma tempe.

— Je vais te faire une confidence, ta mère et moi, nous nous connaissons depuis longtemps, dit-il en insistant sur le mot mère. Si je l'épouse, je pourrai te faire encore plus de mal et obtenir ce que je veux.

— Je partirai de cette maison !

— Pour aller où ? Tu es encore si traumatisée de la mort de ton papa, dit-il en imitant mes pleurs. Comment se passent tes séances chez le psy ? Vous n'avancez pas beaucoup.

— Qu'est-ce que ça peut te foutre ?

Il leva la main et me mit une série de gifles, cette fois-ci mon front se cogna plusieurs fois contre la vitre de la cuisinière, laissant une légère fissure. J'étais blessée et je saignais. Alors que j'essayais de me relever, je reçus un coup de pied, impuissante en me retrouvant à plat ventre. Je n'avais plus la force de me relever, qu'il en profita.

— Arrêtez ! Qu'est-ce qu'il se passe ici ? Que faites-vous ?

— Bonjour Sofiane !

— Jaylyne ! cria-t-il en accourant vers moi. Ça ne va pas dans votre tête !

— Je t'interdis d'ouvrir ta bouche pour en parler à qui que ce soit, si tu le fais, je vais m'occuper de tes parents, de ta sœur Judith, et… de tes adorables neveux ! Tu me laisses gérer mon affaire et tout ira bien ! J'en ai fini avec elle pour aujourd'hui, dégagez de là !

Je m'agrippai au cou de Sofiane, en me tenant le ventre qui me brulait, et mon front saignait beaucoup. Alors que nous montions les marches des escaliers lentement, nous entendions la porte de la chambre de ma mère se refermer. Nous passions devant, et il me regarda avec un air inquiet.

Il me demanda de m'asseoir au pied de mon lit, pendant qu'il cherchait de quoi me soigner. Il criait pendant qu'il fouillait dans le placard de ma salle de bains.

— Il faut que tu parles maintenant ! Ce type est trop bizarre ! Comment connait-il ma famille ? Qui lui a parlé de mes neveux ?

Je ne l'écoutais pas. Je regardais le sang sur mes mains, et mes bleus au niveau du ventre.

— JAYLYNE ! cria-t-il à nouveau en claquant des doigts.

— Quoi Sofiane ? Ce n'était pas assez clair pour toi ce qui vient de se passer ?

— Depuis quand ? Dis-le ! Je veux savoir !

— Il a commencé la nuit dernière… répondis-je en détournant le regard.

— C'est super grave ! Regarde-toi, il t'a frappé, blessé. Que t'a-t-il fait d'autre ?

Il me parlait nerveusement en s'acharnant sur le paquet de cotons déjà ouvert.

— Je ne peux pas le dire...

— Il t'a touché dis-le ! Parle !

Il déversait près de la moitié du désinfectant sur un coton, puis le posa brutalement sur mon front.

— Aïe !

— Jaylyne, soit tu parles, soit je me casse !

— Non, dis-je en larmes. Ne me force pas, je t'en prie... je ne comprends pas ce qu'il se passe. Je veux mourir... comme mon père... C'est trop dur !

— Tu es folle ou quoi ? Il est hors de question, enlève ça de ta tête ! Tu dois en parler avec ta mère.

— Ma mère ? Elle ne me croira pas. Elle l'aime. On dit bien que l'amour rend aveugle... alors c'est le cas, car elle ne voit que lui. J'ai mal partout... J'en peux plus de cette vie...

— Je refuse de te laisser avec cet homme, on va chez Alice. Tu peux te lever ?

Discrètement, nous sortîmes par la porte d'entrée, Noam était avachi sur le canapé au téléphone, j'ai perçu quelques bouts de la conversation.

— Ne vous en faites pas, je la travaille… Non, cette fois-ci, je fais en douceur, pas comme la dernière fois. Je vous promets de les obtenir ces informations.

De quoi parlait-il ? De quelles informations et de qui ? Pourquoi ? Je secouai la tête pour chasser toutes ces questions.

Sofiane m'avait soignée comme il pouvait, j'essayais de cacher l'énorme pansement sur mon front avec ma capuche. Pendant que nous marchions, il n'arrêtait pas de me faire la morale. Il insistait pour que j'en parle à quelqu'un.

— C'est grave Jay et tu dois le dire ! dit-il à voix basse avant de sonner au domicile d'Alice.

— Salut ! Je vous attendais, vous en avez mis du temps ! J'ai préparé un mini brunch rapide. J'ai proposé à Melody de se joindre à nous, mais elle ne pouvait pas. Tu veux du chocolat Jay ? me propose-t-elle toute joyeuse de nous retrouver.

— Alice… tu…

— Stop ! dit-elle en levant sa main. Oui, ton père est mort, Jay ! Ce n'est tout de même pas le chocolat qui l'a tué. La vie continue ma p'tite. Avant tu aimais le chocolat, tu ne veux plus en manger pour te souvenir de lui en positif ?

— Je n'aime pas du tout le ton que tu prends, cela me donne envie de repartir.

— Depuis le temps que nous nous connaissons, tu devrais être habituée. Non, mais attends ! dit-elle en touchant mon pansement. C'est quoi ça ? Tu as une sale mine pour aller à la fête de Joachim ce soir, comment as-tu fait pour te blesser ?

— Noam l'a frappé ! intervint Sofiane.

— Pourquoi balances-tu les trucs comme ça ? On ne devait rien dire !

— Je ne suis pas sûre d'avoir bien entendu ? demanda Alice.

— Il n'y a rien…

— Tu mens encore une fois ! dit-il en hurlant. Tu es vraiment chiante !

— Jaylyne, je peux savoir ce qu'il se passe ? Pourquoi es-tu blessée ?

— J'ai tout vu et elle n'a même pas cherché à se défendre. Cet homme m'a même menacé.

— Jay s'il te plait, dit-elle en me regardant avec insistance. Calme-toi, Sofiane.

En cherchant mes mots, je sentais de légers picotements dans les yeux.

— Nous sommes tes amis et tu n'es pas toute seule.

Je refusais de me confier par crainte d'être jugée, et je retenais tant bien que mal mes larmes. Pendant ce temps, Sofiane tournait en rond, les mains sur la tête en soupirant. Mon silence l'agaçait de plus en plus.

— Jaylyne parle ! lança-t-il. Est-ce que tu te rends compte qu'il a menacé ma famille ? Ma famille ! Je ne veux pas d'ennuis.

— Tu ne peux pas le nier Jaylyne, tu as des hématomes, des cernes et tu es très maigre. Si tu préfères, nous pouvons parler dans un endroit calme, me proposa Alice.

Nous nous regardions tous les trois sans rien dire, Alice me prit par la main pour m'emmener. Sofiane s'installa à la table et prit un verre d'eau.

Elle me fit entrer dans sa chambre, nous nous asseyions près de sa fenêtre sur des coussins. C'était son coin de lecture et de détente, pour admirer les étoiles.

À cause de la fatigue, mes mains tremblaient, je n'arrivais plus à retenir mes larmes et je gardais la tête baissée. Je n'osais pas regarder Alice dans les yeux. Je ne savais pas comment lui dire que Noam abusait de moi. J'avais l'impression de le mériter, comme si c'était une punition.

— Sofiane s'inquiète beaucoup pour toi. Je suis au courant pour hier matin. Ton beau-père te fait du mal. Ce n'est pas quelque chose qu'il faut prendre à la légère. Ta mère a introduit un homme dans votre maison en si peu de temps sans t'en parler. Tu as perdu ton père et tu es, me semble-t-il, encore fragile. Il profite de ta faiblesse…

— Alice… évite s'il te plait de jouer la psy, j'en vois déjà un, dis-je en poussant un long soupir.

— Je sais. Dis-moi quelque chose. Je veux juste t'aider, c'est dur pour toi et cela peut devenir encore plus sérieux, voire même dangereux. J'espère que tu en es consciente, petite conne.

— Quand vas-tu cesser avec ce surnom insultant ? Tu continues alors que tu le vois bien, je vais mal…

— Peut-être que j'arrêterai le jour où tu feras un truc complètement dingue, répondit-elle en insistant bien sur chaque mot, puis elle quitta la pièce.

La situation semblait grave, ils avaient surement raison, mais je ne savais pas à qui en parler. Il ne fallait pas oublier que Noam travaillait pour Viktor de Loornie ainsi que ma mère. Je ne pouvais pas porter plainte contre lui. Je ne me voyais pas raconter aux policiers qu'il s'était vidé sur mon corps et qu'il m'a battue, même avec mes blessures, ils ne me croiront pas.

La devise de cette ville : *ils travaillent tous pour de Loornie.*

Nous le savions, ma famille et moi étions épargnées avec un confort de vie convenable tout comme Alice et Melody. Nous ne parlions jamais de nos avantages et nous vivions comme si tout semblait normal.

***

J'étais restée toute l'après-midi dans la chambre d'Alice, Sofiane était passé chez lui avant de nous rejoindre à la fête. Melody avait un évènement familial et ne pouvait pas venir. Elle trainait très peu avec nous.

Alice réussit à cacher mes hématomes sous une triple couche de fond de teint ainsi que mes cernes. Elle me proposa de porter une jolie robe, je refusai préférant un jogging et un sweat à capuches tie-dye de couleur gris pour lui faire plaisir. Elle pensait que la fête me ferait du bien, c'était tout le contraire. Je me sentais sale et fatiguée. Je ne voulais pas y participer, je restai dehors sur la terrasse. Il commençait à faire froid.

— Hôtel Del Pierna ? répétai-je à voix basse.

Où voulait-il en venir ? Qui était cette personne ? Je devais en savoir plus, Noam cherchait à se venger de mon père. Professionnellement ?

Je me demandais si Viktor de Loornie pouvait être derrière tout ça. Ma mère refusait de me croire, il n'y eut aucune enquête, et mon témoignage n'a pas été pris en compte. Elle tirait un trait, et la vie continuait.

Je lisais parfois le journal local de notre ville, on parlait beaucoup des actions de Viktor, sauf de l'absence de sa femme.

— Bonsoir.

— Pardon, qui êtes-vous ?

— Joachim, dit-il en faisant un léger signe de la main. Ça ne va pas ? La fête ne te plaît pas ?

— Si. Elle est bien, mais je n'ai pas le cœur à m'amuser.

— C'est bien toi, Jaylyne Plummer ?

— Oui, c'est moi. Tu es l'ami d'Alice…

— C'est dommage de rester à l'extérieur alors que tes amis s'éclatent. Tu penses à ton père ? C'est drôle la façon dont il est mort…

— Quoi ? Non ! Comment ça… drôle ?

Je n'appréciais pas du tout ce mot, alors je le poussai violemment, en lui criant dessus.

— Tu n'as pas le droit de dire ça !

Alice intervint à temps pour nous séparer et me demandant de baisser d'un ton. La musique cessa de jouer, et les invités observèrent la dispute à travers la baie vitrée. Joachim me jeta un dernier regard et partit en souriant.

— Jay, tu ne peux pas t'en prendre à lui. Ce n'est pas lui ton ennemi !

— J'en ai assez de cette fête ! Je me casse !

— Reste s'il te plait. Tu es en sécurité ici, tu n'as pas le choix.

Je restai silencieuse, le dos tourné sans la regarder, elle avait raison. Je ne pouvais pas rentrer chez moi maintenant, je m'assis les bras croisés sur le banc de la terrasse.

— La fête peut reprendre ! cria-t-elle en rentrant.

8

Nous étions rentrées toutes les deux sans parler de mon altercation avec Joachim. Les parents d'Alice étaient partis en weekend et elle avait la maison rien que pour elle. J'étais partie me coucher dans le canapé du salon, je lui faisais la tête parce qu'elle n'avait pas pris ma défense. J'avais eu beaucoup de mal à m'endormir, je savais qu'en rentrant chez moi, cela allait s'empirer.

Le lendemain, c'est la voix d'Alice qui me réveilla.

— Joachim n'est pas un mec bien.

— Quoi qu'est-ce que tu dis ? demandai-je en me frottant les yeux.

— Tiens, j'ai préparé le petit déjeuner, dit-elle en déposant un plateau.

Elle s'était assise sur le bord de la table basse.

— Je pensais que tu l'aimais bien vu que tu étais scotchée à lui… et que tu l'as défendu alors qu'il n'a pas été très sympa avec moi !

— Et alors ? Pour un simple mot, tu étais obligée de le pousser ?

— Je me suis un peu emportée… oui et ?

— La seule personne qui te veut du mal ce n'est pas Joachim, c'est ton beau-père, Noam ! Il n'a pas à lever la main sur toi et tu ne dois pas te laisser faire. Ne t'en prends plus jamais à Joachim, il connait bien Viktor de Loornie et je n'ai pas oublié qu'ici tout le monde travaille pour cet homme. Restons vigilantes.

Elle prenait encore sa défense par peur de représailles. J'ai cessé de l'écouter pour consulter mon téléphone, je ne l'avais pas pris pour me rendre à la soirée. Pour une fois, tous les appels manqués venaient de ma mère ainsi que plusieurs SMS.

— Allo, maman. Je suis chez Alice.

— Tu es sûre que tout va bien ? Noam m'a dit que tu es partie dans une colère et j'ai trouvé la cuisine en bordel.

— Comment ça ? dis-je en fronçant les sourcils.

— J'ai ramassé des éclats de verre par terre, j'ai vu du sang aussi. Tu es blessée ? Pourquoi as-tu piqué une crise ?

Je regardai le téléphone, elle parlait et j'ai raccroché avant qu'elle ne finisse. Alice ne disait plus rien, la main posée sur mon épaule. Le téléphone se remit à sonner.

— Maman, je vais tout t'expliquer.

— C'est sans importance, la cuisine a été remise en ordre, et il faut que tu rentres, car nous avons une merveilleuse nouvelle à t'annoncer.

— J'ai peur de ne pas apprécier.

Notre conversation prit fin, j'avais peur de rentrer. Alice me prit dans ses bras en me rassurant qu'elle était là en cas de besoin joignable à toute heure, je la remerciai et je partis.

Noam était devant la maison, je ne m'attendais pas à le voir là. Est-ce qu'il allait me frapper devant tout le monde ?

— Petite fugueuse ! Tu ne m'écoutes pas quand je te parle ?

— Laisse-moi passer ! Où est ma mère ?

— Elle est ressortie faire une course. Je dois l'appeler pour la prévenir que tu es rentrée saine et sauve.

— Alors, vas-y ! Qu'est-ce que tu attends ?

— Ferme ta petite bouche d'insolente ! dit-il en levant le poing prêt à me mettre un coup en pleine figure, mais il s'arrêta net. J'ai tellement envie de te mettre une correction.

Je me tenais face à lui en essayant de dissimuler ma peur. Il marmonnait quelque chose, j'essayais de comprendre en fronçant les sourcils.

— Tiens, pendant ta petite escapade, je me suis occupé de ton chat.

— Quoi mon chat ? Callipops ?

— Il était si doux, si mignon. Tu iras voir dans le jardin, je lui ai fait une nouvelle demeure.

— Non, tu n'as pas fait ça… dis-je paniquée en me dirigeant vers le jardin.

Il avait tué et enterré mon chat dans le jardin. Je tombais à genoux et j'essayai de le déterrer pour le voir une dernière fois.

— Il n'a pas souffert si cela peut te rassurer.

— C'est quoi ton problème à la fin ? Que cherches-tu ? Pourquoi mon chat ? criai-je au bord des larmes.

Il était posé au niveau d'un des porches, les bras croisés.

— J'ai constaté que tu n'avais pas avancé avec ton cher psychiatre, alors je fais le job moi-même. Je veux savoir tout ce que ton père t'a dit avant de mourir, je dis bien tout.

Mon père m'avait communiqué des codes, ainsi que le nom d'un hôtel pour retrouver un certain Eliott. Pourquoi en avait-il besoin ?

— Tes yeux te trahissent, tu sais des choses.

Je repensais à l'argent dans la pochette et la lettre que je n'ai pas lu.

— Non je ne sais rien, dis-je en rentrant dans la maison. Est-ce que ça méritait de tuer mon chat ?

— Tu m'as menti lors de ma première venue ici et je n'aime pas les menteuses. Mon patron a une dette envers ton père, j'ai une dette envers mon patron. Anna avait aussi une dette, tout le monde dans cette ville a des dettes, dit-il en levant les mains avec exaspération.

Ce qu'il me disait n'était pas très clair à mes yeux, je l'écoutais attentivement en essayant de mettre mon chagrin de côté et il continuait d'expliquer.

— Anna n'a pas honoré les siennes, et elle n'est plus là comme ton joli chat.

— Je ne comprends toujours pas. Anna est partie ?

— Non. Elle est morte comme ton papa.

Personne n'avait parlé de la disparition de la femme de Monsieur de Loornie, j'étais sous le choc d'apprendre cela. En même temps devrais-je le croire ? Je reculais vers l'entrée par la cuisine, pendant qu'il s'avançait vers moi.

— Tu vas me tuer comme mon père et Anna ? Tu les as tués, n'est-ce pas ?

— Possible, répondit-il.

Nous étions dans le couloir, je continuais de reculer, il avançait avec un regard menaçant lorsque la porte d'entrée s'ouvrit. Je fus soulagée. Noam cessa immédiatement et partit embrasser ma mère.

— Bonjour, maman. Je ne me sens pas bien, je vais dans ma chambre.

— Jay, je dois t'annoncer quelque chose.

— Cela ne peut pas attendre le diner ? Je ne me sens vraiment pas bien.

— Quel diner ? Tu ne manges pratiquement rien depuis un moment.

— Mon chat est mort, dis-je sèchement.

— Je suis désolée, après tout ce n'était qu'un chat. Tu vas t'en remettre.

N'ayant même pas eu le temps de répliquer, elle se lança dans un monologue.

— Noam a emménagé ici pour une bonne raison, nous allons nous marier, m'annonça-t-elle en exhibant sa bague de fiançailles de la taille d'un bouton de manchette. Il a fait sa demande il y a quelques semaines et j'attendais le bon moment pour te le dire.

Il l'embrassa à nouveau en me souriant suivi d'un clin d'œil, je commençais à avoir des vertiges et quelques nausées.

Ma tête tournait, les escaliers apparaissaient en double, ma mère souriait, lui aussi, je les entendais rire aux éclats, je n'arrivais plus à garder les yeux ouverts. Je secouais la tête pour me garder en éveil. Quand j'essayais de les regarder, leurs visages et leurs corps se déformaient. Je voyais mon chat mort, j'entendais la voix de mon père.

Il a tué mon chat, il a peut-être tué mon père et Anna, il a abusé de moi. Il va me tuer si je ne dis rien ? De quoi est-il capable pour arriver à ses fins ?

Les nausées devenaient de plus en plus fortes, je me retenais en mettant ma main devant ma bouche. Trop tard, je me vidais, je vomissais le petit déjeuner pris chez Alice. Mon ventre me faisait mal avec de douloureuses crampes.

— Qu'est-ce que tu fais ? demanda ma mère.

— Ça ne se voit pas… je vomis ! ai-je eu la force de lui hurler entre deux jets.

— Noam reste près d'elle, je vais vite chercher de quoi nettoyer.

Il me regardait avec dégout et m'ordonna de cesser immédiatement la comédie, comme si je pouvais contrôler mes vomissements. Il fallait que cela sorte et je ne pouvais rien y faire. Ma mère revint de la cuisine avec des serviettes de table, pour m'essuyer.

— Maman, s'il te plait, je suis mal, tout va mal. Regarde je suis blessée…

— Ça ira mieux si tu t'allonges, je t'accompagne. Noam s'il te plait, nettoie les escaliers.

En me déshabillant, elle fit semblant de ne pas remarquer les bleus sur mon corps et au visage, même la réaction allergique sur ma peau. Elle ne disait rien, son regard ne croisa pas le mien, parce que je l'ai fixé avec insistance.

— Je ne sais pas si tu couves quelque chose… ou c'est notre mariage ?

— Je m'en fous de ton mariage ! Je n'assisterai pas à cette connerie !

— Surveille ton langage, Jaylyne.

— Tu ne vois rien ! Tu es complètement aveugle… dis-je hors de moi en lui tenant le visage.

— Ça suffit ! Lâche-moi ! Tu t'es fait mal toute seule, Noam m'a tout dit…

— Non ! C'est faux !

— Nous sommes inquiets pour toi. Nous avons pris la décision, comme tu peux le constater, d'enlever la porte de ta chambre et celle de la salle de bains pour éviter que tu te fasses du mal à nouveau. Peut-être que tu t'es forcée à vomir aussi ?

— Tu me dégoutes, maman ! Cet homme m'a fait mal ! Tu as oublié papa ! Va-t'en ! Sors de ma chambre !

Elle resta sans voix et quitta ma chambre sans porte. Cela devenait n'importe quoi. Noam a tué mon chat. Il allait épouser ma mère ! Quand allait-il se débarrasser de moi ? Cela me terrorisait, je ne me sentais plus en sécurité dans ma propre maison et je n'avais pas la force d'appeler Alice, ni même Sofiane.

Quelques heures plus tard, ils me demandèrent de descendre pour le diner, je ne répondis pas. Mon lit avait été refait, dans lequel je ne voulais plus m'allonger, et le lit gonflable avait disparu. Je m'endormis dans le fauteuil de ma chambre.

Soudain je reçus une gifle, puis une autre ! On me jeta sur le sol, instinctivement je me mis à ramper jusqu'à l'entrée. Cependant une petite voix me disait de me lever, et l'autre voix de faire la morte. Alors que devrais-je faire ? Crier ? Je ne pouvais pas, ses mains se trouvaient autour de mon cou, il m'étranglait en me secouant. Je m'étouffais.

La tête légèrement en arrière, je crus voir une ombre dans le couloir avant d'être trainée par les pieds vers la salle de bains. Il me souleva et me poussa dans la douche, où il ouvrit le robinet d'eau froide à fond, je le suppliais d'arrêter. Je hurlais en vain pour me faire entendre par ma mère. À chaque tentative pour m'enfuir, il me poussait violemment contre les parois froides. Au bout de quelques minutes, le robinet s'arrêta enfin. Je me retrouvais tétanisée, frigorifiée et accroupie dans un coin.

— Veux-tu que j'arrête ? dit-il en se baissant à mon niveau.

— Oui… répondis-je en hochant doucement la tête.

— Si tu pouvais disparaitre comme ton père ! Et cette foutue Anna ! Mais je préfère te voir souffrir encore un peu.

— J'ai mal, c'est bon, tu as gagné… ça suffit maintenant. Alors… s'il te plait ! Arrête…

Il s'en alla, je sortis rapidement de la douche. Mon corps était couvert de bleus, mon visage gonflé et j'avais les yeux rouges. Est-ce que je devrais céder et lui dire ce que je savais ? Pourquoi ne s'en prenait-il pas à ma mère ?

En me séchant, j'en profitai pour examiner les parties de mon corps, les boutons rouges dans mon entrejambe me faisaient de plus en plus mal, je ne savais pas ce que c'était. Je pleurais assise sur le siège des toilettes, je craquais sous la douleur.

Quelques semaines plus tard, les bleus s'estompèrent un peu, par contre je dormais très mal et les cernes se creusaient dans mon visage, je perdais de plus en plus de poids. Je me trouvais répugnante, sale et laide. Ma mère ne faisait même plus attention à moi.

Lors d'une consultation chez mon psy, le docteur Bowen, j'étais en pleine réflexion.

— Jaylyne, le rendez-vous a commencé depuis 20 minutes. Peut-on discuter sur ce qui te tracasse ?

— Si je vous disais que je vais mieux, nous pourrions mettre fin aux séances ?

— Voyons…

— J'aimerais tellement retrouver ma vie d'avant quand je sortais avec mes amis, dis-je en essuyant une larme. Le samedi soir, j'étais excitée à l'idée de retrouver mon père et de passer du temps avec lui le dimanche. Ça me manque nos dimanches en famille.

Il me laissait parler et prenait des notes. Les mots sortaient, j'en avais certainement besoin.

— Je n'ai plus gout à rien, je me sens mal. Il y a cette douleur en moi qui refuse de disparaitre. Je dors en souffrance et je me réveille en souffrance… Est-ce que cela va s'arrêter ?

En me confiant, je repensais à la pochette remplie d'argent, j'avais la possibilité de partir, mais j'étais attachée à cette ville, à ma maison. L'âme de mon père vivait là-bas, je sentais sa présence, et je voyais son ombre dans la cuisine avec ma mère, nous étions heureux tous les trois. Je ne pouvais pas partir.

— Mon père travaillait beaucoup… ma mère aussi.

— Que faisait-il comme métier ?

— Je n'en sais rien. Il travaillait pour Viktor de Loornie et il assurait principalement la protection de sa femme, après je pense qu'il faisait d'autres choses. On dit que tout le monde travaille pour cet homme, ma mère, Noam…

— Ce Viktor, tu le connais ?

— Sans plus, j'ai dû le voir quelquefois et nous avons discuté le jour de l'enterrement de papa. Sa femme venait de temps en temps chez nous. Sinon je lis ce qu'ils font dans le journal comme tout le monde dans cette ville.

— Anna de Loornie, dit-il pensif.

— Vous la connaissiez ? Il semblerait qu'elle soit morte… selon des rumeurs.

Le docteur Bowen cessa subitement d'écrire, il rangea son carnet de notes et remit son stylo dans la trousse face à lui.

— Je vous ai posé une question.

— Ce ne sont que des rumeurs, répondit-il. Nous l'aurions su si c'était le cas. Où as-tu entendu cela ? Euh… Je te prie de m'excuser, nous ne sommes pas là pour parler d'elle.

— Vous avez dit que nous pourrions parler de tout et de rien. Vous m'avez l'air un peu troublé, ça ne va pas docteur ?

Il avait retiré ses lunettes pour les essuyer, son visage devint rouge.

— Changeons de sujet, je te prie, me demanda-t-il en remettant ses lunettes. J'ai appris pour ta mère et Noam. Ils formaient un beau couple lorsqu'ils étaient au lycée.

— Pardon ?

— Jaylyne, je suis navré… nous allons devoir écourter cette séance, dit-il en se levant. La prochaine fois, nous devons absolument nous concentrer sur la mort de ton père. Consultation dans un mois, il faut que je m'absente quelque temps. Souhaites-tu quelque chose pour t'aider à dormir ?

— Non, ça devrait aller.

Il me mit à la porte de son bureau de consultation, et je partis à l'accueil pour prendre la date de mon prochain rendez-vous. Désormais je le verrais une fois par mois.

J'étais en vélo, un trajet d'une heure pour admirer le paysage et être seule. Mon téléphone sonna, je m'arrêtai à mi-chemin pour y répondre.

— Oh grand-mère, attends je pose mon vélo. J'étais chez le psy, ça va ?

— D'accord, oui tout va bien ici et toi ?

— Je ne sais pas trop, dis-je en regardant autour de moi.

Je ne saurai pas trop décrire Helena ma grand-mère, mais je la trouvais adorable et calme, bien que je ne la voyais pas souvent, elle savait quand j'allais bien ou pas.

— Cela fait une éternité que nous n'avons pas passé du temps ensemble. Viens donc à la maison pour les fêtes de fin d'année.

— J'aimerai tellement, dis-je sans avoir l'air convaincue que cela serait possible.

— J'ai appris les fiançailles de ta mère. Elle prend parfois des décisions hâtives, elle est impulsive. Je ne l'aime pas ce Noam, je sens que c'est une personne avec de mauvaises intentions. Je pense que tu devrais venir dès ce soir, nous discuterons autour d'un bon chocolat chaud ou du thé comme tu veux.

— Avec grand plaisir, répondis-je avec une lueur d'espoir, j'allais être sauvée.

Dans le garage, je déposai mon vélo à côté de celui de mon père entre les cartons de ses affaires entreposées dans un coin. Ils ne portaient aucune inscription, impossible de savoir ce qu'il y avait dedans. Noam ne rentrait pas tout de suite, ni ma mère et je n'avais pas cours avec Florine. Je demandai alors à mes amis de me rejoindre.

Une heure après mon invitation, ils étaient devant l'entrée. Dès que j'entendis le son de leur voix, j'activai l'ouverture de la porte du garage pour les faire entrer.

— Bienvenue à la brocante party ! annonçai-je.

— Impressionnant ! Ton père avait pas mal de choses, constate Sofiane.

— Et encore, il n'y a pas tout.

— Tu ne manges pas ? demanda Alice.

Mon silence voulait tout dire ainsi que l'expression de mon visage.

— Bordel Jay ! cria Sofiane

— Je n'arrive ni à dormir ni à manger. C'est un peu difficile. Je réfléchis beaucoup, je pense à énormément de choses. Je sais à présent que Noam veut connaitre les dernières paroles de mon père.

— Dis-lui ce qu'il veut !

— Même si je lui dis, tu crois qu'il va me laisser tranquille ? Il est haineux contre mon père, il ne cessera jamais de me faire souffrir. Je dois contacter cet Eliott et me rendre dans cet hôtel le Del Pierna…

— Pourquoi n'y vas-tu pas maintenant dans cet hôtel ? demanda Melody. Qu'est-ce que tu attends pour le faire ? Tu vis avec le diable.

— Je veux savoir pourquoi et je vous promets d'y aller si je ne trouve rien ici. Il y a forcément des indices dans les affaires de mon père.

— Je serai déjà parti à ta place, rajouta Sofiane.

— Cessons de parler et commençons la fouille.

Je m'occupais des vêtements, Sofiane prenait les bouquins et blocs-notes, Alice inspectait chaque objet. Melody consultait les messages et les appels dans le téléphone de mon père dont je connaissais le code.

— Je pense qu'il a eu une histoire avec une certaine Miss A. Je te lis le texto : *« Ne t'en fais pas, je t'aime. Je prendrai soin de ton fils et de toi. Sois forte ! Nous allons y arriver. »*

Il m'était impossible de croire qu'il puisse avoir une aventure. Ce message n'était pas suffisant.

— Ce texto remonte à quelques jours avant qu'il ne soit tué.

— Note le numéro de téléphone.

Nous avions beau chercher, nous n'avions rien trouvé, il parlait en code et en chiffres. Miss A c'était Anna ? Nous avions tout rangé, et pour mieux m'y retrouver, j'avais marqué ce que contenait chaque carton. Il y avait de nombreux documents, avec le logo du domaine de Loornie, des chiffres et encore des chiffres, des documents signés par mon père que j'ai gardés avec le téléphone.

Nous étions dans la cuisine en train de faire le point, mes amis se montrèrent compréhensifs, même si pour eux cela semblait facile.

— La prochaine étape, son bureau. Dès que possible j'y jetterai un coup d'œil.

— Tu voudrais de l'aide ? demanda Melody.

— Non, je pense que ça va aller.

Ma mère et Noam venaient de rentrer, mes amis décidèrent à contrecœur de s'en aller. Melody me serra fort dans ses bras, Alice me prit les deux mains pour me soutenir et m'encourager.

— Au revoir, petite conne, dit-elle. Prends bien soin de toi et fais-le ! Agis !

Noam fit une drôle de tête en entendant cette phrase. Je sortis mon sac à dos du placard de l'entrée dès que la porte se referma.

— Maman, je dois aller chez grand-mère Helena ce soir, dis-je avec le peu de courage qu'il me restait encore.

— Quoi ce soir ? Il est tard ! cria-t-elle sous le choc. Demain, si tu veux je te dépose.

— Non ! C'est une recommandation de mon psychiatre, je dois passer les fêtes dans un lieu qui ne me rappelle pas la mort de papa. C'est pour mon bien…

Elle regarda Noam comme si elle attendait son approbation. Il sortit son téléphone pour passer un coup de fil. Je fuyais ma maison, pour quelque temps, je fis mes au revoir au fantôme de mon père et je poussai un long soupir de soulagement.

9

Durant le trajet, nous n'avions pas échangé un seul mot, elle était focalisée sur la route. Tandis que j'échangeais des SMS avec Sofiane, content d'apprendre que j'avais pris la bonne décision d'aller chez mes grands-parents, par contre entre deux messages il me répétait d'aller à l'hôtel Del Pierna.

Il faisait nuit, lorsque nous arrivions enfin, ma mère se gara sur l'emplacement devant la maison et elle posa sa main sur moi, avant de descendre.

— Au fait, les affaires de ton père ont bien été rangées. Cela a dû te prendre beaucoup de temps pour tout trier.

— Je pensais que c'était une bonne idée et mes amis m'ont aidée.

— C'est en effet une bonne initiative ma fille. Je n'aurai pas eu le courage de le faire.

— Par contre tu as le courage de te remarier.

— Jay, nous n'allons pas revenir sur ça. Je sais que cela ne t'enchante pas. Fais un effort pour accepter Noam.

— Ce que tu me demandes est impossible, tu ne peux pas remplacer papa en te jetant dans les bras de son collègue ! Que suis-je bête, tu le fréquentais déjà !

— Je ne veux plus rien entendre. Ce ne sont pas tes affaires et tu n'as pas de leçon à me donner.

— Papa me manque et nous n'avons même pas fait notre deuil…

Un peu contrariée, elle s'arrêta de parler pour reprendre son souffle.

— J'espère que tu vas passer de bonnes fêtes avec tes grands-parents. Noam et moi allons continuer les préparatifs du mariage en ton absence.

— Tu es encore avec ton fichu mariage de merde !

Je descendis de la voiture pour rejoindre ma grand-mère Helena, qui attendait sous la véranda, ma mère me suivait un peu en retrait, les mains dans les poches, elle n'osait pas s'approcher.

Ses parents possédaient une grande maison de campagne, qui donnait sur une petite rivière à l'arrière, avec de nombreuses chambres. Elle hébergeait des voyageurs.

— Bonjour Catherine ! Jaylyne ! Quel bonheur de te revoir, j'espère que ma tarte aux pommes te fera plaisir !

— Je suis contente d'être là, dis-je en l'embrassant.

— Je t'ai préparé une chambre, va vite déposer tes affaires pendant que je parle à ta mère.

À travers l'une des fenêtres du salon, je les observais discrètement. La discussion semblait agitée et tendue, je me rapprochais un peu plus pour les écouter, adossée contre le mur avec la porte entrouverte.

— Je peux savoir ce qu'il t'a pris de la prendre pour les fêtes ?

— Et toi ? Qu'est-ce qui te prend de te marier avec cet homme ? répondit ma grand-mère en colère. Il n'est pas fait pour toi et c'est une très mauvaise idée. Tu le sais.

— Laisse-moi gérer ma vie.

— Pense à celle de Jaylyne. Assume cette responsabilité pour une fois, cette pauvre petite a perdu son père.

— Je ne vois pas de quoi tu parles, par contre rappelle-toi qu'après les fêtes, je dois la récupérer. C'est ma fille, non la tienne, répondit ma mère en retournant à sa voiture.

J'étais confuse lorsque ma grand-mère me surprit en train d'écouter, elle haussa les épaules.

— Je ferai comme si je n'avais rien vu, même si ce n'est pas correct d'écouter aux portes.

Elle avait sorti de belles assiettes fleuries pour la tarte encore toute chaude qui venait de sortir du four.

— Qu'est-ce qui se passe avec maman ? S'il te plait mamie, dis-moi. Vous n'étiez pas contentes toutes les deux.

— Je désapprouve tout simplement ce mariage.

— Comme moi, dis-je avec tristesse.

— Il l'a encouragé à faire ce tatouage hideux lorsqu'ils étaient au lycée : un aigle et une flamme. Je ne l'ai jamais trouvé sincère, il ne m'inspirait pas confiance. Ensuite Catherine a rencontré Henri, ton père, il l'a épousé et tu es arrivée 5 ans après leur union. Elle n'aimait pas sa vie, alors elle a revu Noam. Drôle de coïncidence qu'il soit devenu le collègue de ton père.

— Ils se sont revus ? Pour le travail ou… elle trompait papa ?

— Elle le voyait pour plein de choses, c'était son amour de jeunesse, dit-elle en me servant une part de tarte. Catherine faisait semblant que tout allait bien avec ton père.

— Je pensais que l'arrivée d'un bébé rendait les gens heureux…

— Son amour pour Noam était plus puissant, qu'un simple bébé. Cet homme est mauvais et il te fera du mal, si ce n'est pas déjà le cas, dit-elle en me fixant droit dans les yeux.

Elle comprit dans mon regard que j'étais sous l'emprise d'un beau-père violent.

— Il a fait croire à ma mère que j'étais suicidaire et dangereuse. Les portes de ma chambre et de ma salle de bains ont été enlevées avec son accord.

— Cela ne m'étonne pas, il est prêt à tout pour arriver à ses fins, il a un passé assez troublant.

Elle resta pensive un court instant, le regard dans le vide.

— Mange, tu ne crains rien dans cette maison. Tu dois reprendre des forces, surtout du poids. Nous allons passer de bonnes fêtes et tout ira bien.

Simon, mon grand-père, rentrait bientôt de sa partie de cartes entre amis. Nous avions fini de manger la tarte, et pendant que ma grand-mère faisait la vaisselle, j'en ai profité pour appeler ma mère après quelques hésitations.

— Il y a un problème ? Je suis encore sur la route.

— Il me fait du mal, s'il te plait ne l'épouse pas.

— Je savais que tu allais me sortir ça, j'ai été prévenue. L'excuse typique de l'adolescente pourrie gâtée.

— Je dis la vérité ! criai-je.

— Écoute Jaylyne, je n'ai vraiment pas de temps à perdre. J'ai une vie et je ne vais pas rester veuve, il faut que j'avance.

— Il m'a frappée et fait des choses ! Tu ne vois donc rien ? Mes bleus... mes blessures ! Ce n'est pas moi ça ! Je n'aurais jamais pu me faire du mal toute seule.

— Tu inventerais n'importe quoi pour te faire remarquer. La mort de ton père t'a changée, le fait que tu sois anorexique, tout ça pour tout ramener à toi.

— PAPA est mort ! Noam a tué Callipops ! hurlai-je dans l'appareil. Gloria m'a dit qu'une mère voit tout...

— Je n'ai pas le temps de voir quoique ce soit, mis à part une gamine qui me prend la tête au téléphone. Tu devrais en profiter pour te remettre en question et cesser tes gamineries. Callipops est mort accidentellement, une voiture l'a renversé...

— C'est faux ! Qu'est-ce que tu racontes ?

Elle coupa la communication, ses paroles m'avaient blessée, je ne retenais plus mes larmes. Je me mis en boule dans le fauteuil du salon de ma grand-mère, elle entendit mes sanglots et vint me prendre dans ses bras.

— J'en ai marre de pleurer. J'ai tenté de lui dire ce que Noam m'a fait... elle ne veut rien entendre.

— Ta mère est amoureuse et je crains vraiment que cela finisse mal.

Je ne faisais pas partie de la vie de ma mère. Elle était dans les préparatifs de son merveilleux mariage, le choix des fleurs, de l'orchestre, et tout ce qui s'ensuit.

Mon grand-père venait de rentrer et ma grand-mère sécha rapidement mes larmes ainsi que les siennes.

— Jaylyne, tu es méconnaissable. Ta mère ne te nourrit pas ?

— Bonsoir, grand-père.

— Hum. J'ai l'impression que vous avez pleuré toutes les deux. C'est la mort de ton père ?

— Ne t'en fais pas grand-père.

— Catherine a été épouvantable avec elle, répondit ma grand-mère.

— Nous en parlerons demain, il est tard, tu devrais monter te coucher, dit mon grand-père. Je t'accompagne.

Simon était un homme sage, il ne levait jamais la voix. Il se montrait attentionné, il avait pris la peine d'ouvrir mon lit pendant que je me débarbouillais. J'avais enfilé un pyjama en velours et il me fit un baiser au front avant d'éteindre la lumière. Je m'endormis sereinement.

Une semaine plus tard, je me sentais un peu mieux, je parlais avec mes amis de tout et de rien, au point que j'en avais oublié ce que je devais faire. Sofiane me rappela ma mission, je devais savoir avec qui mon père échangeait des SMS. Je composai le numéro de Miss A, je suis surprise de tomber sur le répondeur d'Anna de Loornie. Je ne comprenais pas trop, ou du moins je ne voulais pas. Le numéro suivant était le dernier que mon père avait composé le jour de sa mort.

J'entendis la voix d'un homme et j'ai raccroché aussitôt, heureusement que j'avais masqué mon numéro, il ne pouvait pas me rappeler.

Miss A entretenait une relation avec mon père ? Il l'a aidé à protéger son fils ? Cela voulait dire que Viktor a eu un fils avec Anna ? Où se trouve ce fils ? Ma mère passait du temps avec Noam, et mon père avec Miss A.

Je rangeai le téléphone lorsque ma grand-mère vint m'apporter une tasse de thé sous la véranda à l'arrière de la maison. Le coin était aménagé pour profiter d'une vue magnifique sur le jardin et ses fleurs, au loin on entendait les ruissèlements de la rivière.

— J'ai mis un peu de miel dedans, pour donner un peu de douceur. Ça va tu te sens un peu mieux ?

— Je pense que papa a dû me cacher des choses…

— Je ne saurais te dire, dit-elle en baissant les yeux vers sa tasse de thé.

Je venais d'être interrompue par un nouveau SMS de ma mère, depuis une semaine elle n'arrêtait pas et tous les jours, elle insistait sur sa relation avec Noam.

— Lui et moi c'est une longue histoire. Ce mariage aura lieu que tu le veuilles ou non !

— OK, répondis-je, car c'était la seule réponse à lui donner.

Ce séjour chez mes grands-parents m'a permis de voir la vie différemment, je pris le temps de réfléchir et de voir d'autres visages. Chaque matin, ma grand-mère me réconfortait avec un énorme câlin, ce qui me procurait des frissons.

Pour le réveillon de Noël, j'ai eu une bombe lacrymogène et des livres.

— Pourquoi cette bombe ?

— Pour te protéger, car on ne sait jamais ce qu'il peut arriver, m'expliqua ma grand-mère. Jaylyne, je sais que ce n'est pas facile de parler.

— C'est juste que je ne trouve pas les mots et j'ai si honte. J'ai peur d'être tuée.

— N'y pense pas... dit-elle en me serrant fort dans ses bras.

Je m'y sentais bien que je voulais rester. Mon grand-père poussa un long soupir.

— Il faudra lui dire un jour, dit-il à voix basse.

— Pas un mot, Simon. Ce n'est pas à moi de le faire. J'espère qu'elle le découvrira par elle-même.

— En espérant qu'elle ne nous en veuille pas, répondit-il en quittant la pièce.

Je n'osais pas leur demander de quoi ils parlaient. Il était tard, et mes yeux n'arrivaient plus à rester ouverts. Je me laissai aller dans les bras de ma grand-mère.

10

Les fêtes de fin d'année touchèrent à leur fin et je devais rentrer chez moi. J'avais passé un mois sans avoir peur de ce qu'il pouvait m'arriver. J'avais plus ou moins appris à prendre du recul. Je n'avais pas continué mes recherches pour découvrir qui était le jeune homme du téléphone. Peut-être était-ce Eliott ?

Le retour à la réalité fut violent, Noam était très en colère, ma mère et lui se disputaient à mon sujet. J'essayais de me faire toute petite, il ne supportait pas de me voir bien, vu que son but était de me faire du mal. Je faisais tout pour l'éviter et ne pas le contrarier. Je demandais l'autorisation en présence de ma mère pour aller chez Sofiane ou Melody et de temps en temps Alice venait à la maison.

Il ne pouvait rien faire devant ma mère, et certains soirs je demandais à Sofiane de dormir à la maison. Je faisais exprès pour que les cours avec Florine soient plus longs que d'habitude.

Quand toutes mes options furent épuisées, Noam avait demandé une semaine de congés soi-disant pour les préparatifs du mariage, alors qu'il ne faisait absolument rien. Ma mère avait dû partir en déplacement ce premier weekend de février, elle ne partait jamais et cette mission était imprévue.

C'était un samedi, Melody et Alice avaient toutes les deux un évènement familial, quant à Sofiane, il était parti avec ses parents rendre visite à une tante malade. Je me retrouvais seule à la maison, je n'avais pas d'autre choix que de me cacher dans le placard de ma chambre. J'en ai pris conscience bien trop tard, il n'était pas dupe et il allait forcément me trouver. Je l'entendais dans les escaliers, il montait les marches en faisant beaucoup de bruit. J'avais de plus en plus peur, je retenais ma respiration. Je regrettais de ne pas avoir accepté la proposition de Sofiane de l'accompagner avec ses parents.

— *Ma puce*, c'est bien ton surnom, disait-il en rigolant. J'ai une grosse sucette pour toi. Elle est si énorme cette sucette, que tu vas l'adorer, en plus elle est bien sucrée.

Je ne connaissais aucune prière, mais je demandais à être protégée en ayant une pensée pour mon père. J'avais encore oublié de prendre mon téléphone avec moi et ma bombe lacrymogène. Je me sentais bête, car j'aurais pu envoyer un texto à ma mère, bien que cela aurait été inutile, car encore une fois, je passerai pour une menteuse. Pourtant, elle devait me défendre, c'était son rôle or je me sentais complètement abandonnée, et laissée entre les mains de Noam.

— Jay-Jay, *ma puce*. Sors de ta cachette. Il faut absolument que tu viennes gouter cette énorme sucette.

Il hurlait mon prénom dans la maison, en insistant sur son histoire de friandises. Je l'entendais s'approcher de plus en plus, il était si près que mon cœur commençait à battre de plus en plus vite. J'essayais en vain de me convaincre que le placard était le meilleur endroit lorsque soudain, les portes s'ouvrirent. Je levai les yeux, il se tenait debout devant moi, avec un sourire de réjouissance, un regard menaçant et à la fois effrayant.

— Ne me fais pas de mal s'il te plait, dis-je en me reculant vers le fond du placard.

— Je ne peux pas, cela fait partie de mes passe-temps de te faire du mal. Cela me procure beaucoup de plaisir… et tu n'es pas comme elle…

— Comme elle ? Qui ça ?

— Je ne peux pas tout te dévoiler, bien que je pense en avoir trop dit, répond-il en s'introduisant dans le placard pour m'attraper par les cheveux. Viens ici !

— Lâche-moi ! Arrête ! J'ai mal !

Il me sortit hors du placard, en m'arrachant quelques mèches de cheveux, je me débattais en hurlant dans l'espoir d'être entendu. Il me plaqua violemment face au sol, en même temps qu'il déboutonnait son jean.

— Cesse de t'agiter ! Ça ne va pas durer longtemps !

Il me bloqua les bras dans le dos, après avoir arraché brutalement mon bas de jogging et je sentais son corps derrière moi. Lorsqu'il me pénétra d'un coup sec, j'ai hurlé de douleur, car il venait de me déchirer de l'intérieur. Ma tête tapait le sol à chaque mouvement, il s'enfonçait avec une telle brutalité puis ressortait, encore et encore, avec des coups de plus en plus atroces. Il poussait des grognements. Je hurlais tellement cela me brulait. Je sentais ma peau se déchirer et s'ouvrir petit à petit. Mes larmes inondaient le sol, je voulais mourir sur place. Mes yeux se fermèrent, je n'avais plus de voix, plus de force.

— Tu vois, elle était bonne cette sucette, dit-il en remettant son jean.

Il aurait dû m'achever.

— Je t'avais pourtant prévenu, je n'aime pas que l'on se foute de ma gueule ! Pourquoi ne prends-tu pas exemple sur *ta maman*, Catherine ? Il m'a fallu des années pour la dresser et maintenant regarde le résultat, elle me mange dans la main.

Avec le peu de courage qu'il me restait, j'ai réussi à me lever, en titubant ; mes cheveux dissimulaient mon visage, je ne voyais pas très bien où j'allais. Je me sentais observée, mais je continuais à marcher en cherchant la sortie de la chambre. Je pensais vraiment qu'il en avait terminé, pourtant il me suivait.

— Où vas-tu comme ça ma puce ? Je ne tolère pas que tu ne me répondes pas.

Il me poussa contre le mur du couloir, ma tête se cogna contre un objet dur. À moitié inconsciente, et il me porta sur son épaule jusqu'au salon, puis je perdis connaissance.

***

En me réveillant, j'étais attachée, bâillonnée et nue, sur le plan de travail de la cuisine. J'entendais du bruit, j'essayais de regarder aux alentours et je distinguais une personne qui s'agitait. Je voyais flou, comme si j'avais été droguée, et ma tête tournait. J'étais encore dans les vapes, mon corps se plaignait de douleur. La personne bougeait de plus en plus, mes yeux se fermaient puis s'ouvraient, ma vue revint peu à peu.

— Sofiane…

Il était assis sur cette chaise, la bouche scotchée, les mains et les pieds ligotés, en sanglots et paniqué. Je ne comprenais pas ce qu'il faisait là. Pourquoi était-il là ? J'essayais à mon tour de me détacher en vain.

Noam n'était pas seul, les frères David et Mike l'accompagnaient. Il s'approcha en effleurant mon corps nu avec ses doigts, jusqu'à mon visage, j'en avais la chair de poule et mon cœur voulait sortir hors de moi. J'étais de plus en plus terrifiée que je tremblais à nouveau.

— La belle au bois dormant a fini par se réveiller, dit-il en penchant la tête sur le côté. J'ai quelques questions et j'espère obtenir des réponses pour épargner ton ami.

Les larmes se mirent à couler toutes seules, je ne les contrôlais plus. Tout mon corps me faisait mal, de l'intérieur à l'extérieur.

— Ne t'avise pas de crier, dit-il en retirant le foulard de ma bouche.

— Plutôt mourir que de répondre à tes questions !

— Vous avez entendu les gars, Mademoiselle Plummer se montre aussi têtue que son cher papa, dit-il en s'adressant à ses partenaires.

— Elle mérite une bonne leçon dans ce cas, répondit David.

— Dis-nous si Henri, *ton gentil papa*, t'a communiqué des informations. Je te promets de te laisser tranquille, si tu veux j'annule le mariage et je pars.

— Même si je te disais quoi que ce soit, je suis persuadée que tu me tueras.

— Non, promis, je te laisse, dit-il sur un air de faux gentil. Nous cherchons des documents et des codes, cela ne te dit rien ?

J'avais froid, je voulais m'endormir et ne plus me réveiller.

— Finissons-en, elle ne veut rien dire, lança David qui s'impatientait.

— Soit gentille, dis-nous où ton père a caché ces documents ? Il t'a forcément donné des codes.

Il fit un signe à Mike qui s'avança vers moi pour maintenir ma tête, et David tenait mes jambes.

— Jaylyne ! PARLE ! hurla Sofiane qui avait réussi à dégager un peu sa bouche.

— Plutôt mourir… répondis-je. Pardonne-moi… Sofiane.

Noam enleva son jean, il s'allongea sur moi, puis chacun à leur tour, ils étaient passés sur mon corps, en insistant pour que je parle. Je résistais, je ne voulais pas céder et du sang coulait entre mes jambes, j'ai perdu ma virginité.

Dès que je fermais les yeux pour ne pas les voir, je recevais des gifles ou ils me crachaient dessus. Il voulait que je dise tout ce que je savais et je ne répondais pas. Je pleurais, je hurlais de douleur quand ils écrasaient leurs mégots de cigarettes sur chaque partie de mon corps. Je recevais des coups de poing au visage, au ventre et dans les côtes, j'entendais au loin les cris de Sofiane. Il leur demandait d'arrêter.

Je ne disais plus rien, sous les rouages de coups mon corps était comme anesthésié, j'avais l'impression d'être morte sur cette table. Mes yeux étaient imbibés de sang, je voyais rouge, au dernier coup, plus rien, plus un bruit, juste un trou noir.

***

J'ouvrais par intermittence les yeux, des gens défilaient dans la pièce où je me trouvais. Le moindre mouvement me faisait mal, je ne bougeais pas. Quelqu'un venait me faire la toilette, j'entendais cette voix douce et rassurante. Le soleil se leva, se coucha, la nuit je sentais une présence. Des heures, puis des jours passèrent, et je croyais apercevoir mon père au pied du lit. Il apparaissait et disparaissait, j'entendais des voix me disant on t'avait prévenue. Avec difficultés mes yeux s'ouvraient, je distinguais la silhouette d'une personne assise dans un fauteuil et quelques voix à la fois lointaines, mais proches. Je reconnaissais ma chambre, je regardais mes mains, des pansements partout.

— Maman, c'est toi ?

— Enfin tu es réveillée ! Noam t'a retrouvé dans un sale état, tu as tenté de te…

— Qu'est-ce que… tu racontes ? dis-je en bégayant.

— Repose-toi, il a pris le soin de te donner un calmant, dit-elle en s'approchant. Tu n'as pas fait les choses à moitié, ton visage, ton corps… ça ne va pas fort dans ta tête.

Elle pensait encore que je m'étais fait mal toute seule.

— Ce n'est absolument pas… ce qu'il s'est passé, dis-je en essayant de me redresser de mon lit malgré la douleur.

— Le mariage approche et avec ta crise, nous avons pris du retard dans les préparatifs.

— Cela fait combien de temps que je suis ici ?

— Environ deux semaines… dit-elle avec déception. Écoute, la maquilleuse fera le nécessaire pour camoufler tes bleus. Nous trouverons bien une solution pour tes autres blessures et heureusement que Noam était là pour te sauver.

— Tu refuses encore de reconnaitre qu'il ait pu me faire du mal. Tu évites le sujet à chaque fois. Je ne vais pas bien maman, ne le vois-tu pas ? Regarde dans quel état il m'a mise ! REGARDE-MOI !

Sous la colère, et le fait de me contracter, mes côtes me faisaient mal, je ne pouvais pas trop bouger.

— Le mariage a lieu dans 3 jours. Nous avons avancé la date, dit-elle s'en allant.

— Je te déteste ! Je ne te comprends pas, dis-je en pleurs.

Malgré la douleur, j'attrapai mon téléphone sur le rebord de ma table de chevet. J'avais plein de notifications, pas le temps de consulter les messages, je pensais à Sofiane.

— Tu m'entends ? Je sais que tu es là, j'entends ta respiration. Je suis désolée que tu aies vu cela. Je te promets de faire quelque chose… et d'aller dans cet hôtel…

Sans même avoir eu le temps de terminer ma phrase, il avait raccroché. J'éclatai en sanglots, je m'en voulais terriblement. Je me redressai péniblement de mon lit, j'avais des pansements aux poignets, au front, quelques bleus au niveau des cuisses et je portais une serviette hygiénique. Mon ventre était également entouré d'un bandage. Je me souvins avoir beaucoup saigné, quelques images me revenaient. J'en avais la nausée rien que d'y penser, ma tête allait exploser.

Comment pouvais-je le dire à Alice ? Impossible. Par contre, j'ai pensé à Melody. Je lui ai donc envoyé un texto pour venir au plus vite chez moi.

— Je finis mes achats et je serai là d'ici une heure, je pense, m'écrivit-elle.

Cela me laissait le temps de pouvoir descendre dans le salon, pour voir ce qu'il s'y passait. Il me semblait que Noam n'était pas là, sinon je l'aurais forcément vu. Ma mère discutait des derniers préparatifs avec Jeanne, son amie. J'évitai de passer devant elles, pour entrer discrètement dans le bureau de mon père, par chance la porte était ouverte. J'avais refermé rapidement derrière moi. Personne n'y avait mis les pieds depuis qu'il est mort, car tout était bien rangé. Ma mère ne venait jamais dans cette pièce même de son vivant et elle n'avait pas pris la peine de la vider. Car cela représentait trop de contraintes.

Il y avait forcément quelque chose ici, qui pourrait m'aider, n'importe quoi. Je m'aperçus que le bureau pouvait se fermer à clé, si j'avais su… Cet endroit aurait pu me protéger au lieu du placard, j'aurais pu éviter tout cela. Je n'y ai pas pensé dans la panique.

Je connaissais le mot de passe de son ordinateur, il n'y avait aucun fichier intéressant. Il savait cacher les choses. Je commençais par fouiller dans chaque tiroir, sauf un qui possédait un code de six chiffres. Ma date naissance pourrait être ce code, pas terrible comme idée, mais ingénieux, car le tiroir s'ouvrit. J'y trouvai une boite avec des documents contenant des chiffres, un acte de propriété, ils portaient tous le même logo comme ceux trouvés dans le garage. Les clés de voiture de mon père que ma mère cherchait partout étaient au fond, ainsi qu'une lettre à mon nom.

« Ma chère Jaylyne, si tu as réussi à ouvrir ce tiroir, c'est que je ne suis plus de ce monde et il faut que tu partes de cette maison. Il y a un hôtel qui s'appelle Del Pierna. Retrouve Eliott. Fuis et ne reste pas là. Ne cherche pas à savoir comment j'ai été tué. Viktor de Loornie a dû te remettre une pochette, regarde bien à l'intérieur. Je t'aime fort ma fille. »

Quelqu'un sonna à la porte, il était temps de retourner dans ma chambre, j'emportai le tout avec moi. Melody venait d'arriver, je sortis rapidement et j'attendis un instant en haut des marches, pour écouter ce que ma mère racontait sur ma soi-disant tentative de suicide. Des mensonges que mon amie n'allait évidemment pas croire.

— Je comprends Madame. C'est vraiment très grave. Ne vous en faites pas, nous l'aiderons.

— Pour le moment, je la garde ici, mais je songe de plus en plus à la faire interner, répondit ma mère sous un ton menaçant. Après le mariage, je m'en occuperai.

— Vous permettez que j'aille la voir.

J'étais essoufflée en arrivant dans ma chambre, j'avais forcé en montant rapidement les escaliers. Melody était sans voix en me voyant dans cet état, qu'elle se jeta dans mes bras.

— Doucement ! J'ai mal !

— Oups, je suis désolée. C'est lui, n'est-ce pas ? Je dois le dénoncer ! dit-elle en voulant redescendre dans le salon.

— Non tu ne peux pas ! Il niera ! Personne ne te croira.

Je l'avais retenu par le bras, elle déposa son sac sur mon bureau et vint s'asseoir à mes côtés.

— Je crois bien que tu es en danger, Jaylyne. Nous pouvons peut-être aller chez Sofiane ou Alice.

— Non ! Surtout pas Sofiane…

— Pourquoi pas lui ?

— Parce qu'il a tout vu… dis-je en baissant les yeux.

— Il peut donc témoigner si nous le dénonçons ! Pourquoi ne veux-tu pas me dire ce qu'il s'est passé ?

— Melody… ce n'est pas aussi facile.

— Bon, d'accord… répondit-elle avec un air désespéré.

— Regarde, j'ai trouvé quelque chose dans le bureau de mon père. Une lettre dans laquelle il me dit de m'enfuir, dis-je en lui tendant la feuille avec les mains tremblotantes. Et tu as raison, ma vie est en danger.

— Pars dans cet hôtel : Del Pierna. Tu as compris ? Tu dois le faire !

Je n'avais plus le choix, je devais suivre les instructions de mon père et en même temps, j'avais peur de découvrir ce qu'il m'attendait là-bas.

11

Nous étions le jour du mariage, j'étais prise de vertiges dès que je me mettais debout. Je n'étais pas encore bien remise.

Melody ne s'est pas présentée à ses cours, pendant deux jours, prétextant être souffrante pour rester auprès de moi. Chaque fois que Noam passait devant ma chambre, il lançait des regards menaçants. Sofiane refusait toujours de m'adresser la parole. Si seulement, il avait été possible d'effacer cette nuit-là.

La veille du mariage, je m'étais mise à la fenêtre de la chambre vide où mon père est mort pour le guetter. J'espérais le voir se retourner vers ma maison, mais il ne fit pas. Tous mes appels basculaient sur son répondeur, il décrochait seulement quand c'était Melody. Mon cœur se remplissait de remords et de culpabilité.

Je souffrais, je voulais en finir, tout me semblait tellement difficile à surmonter malgré les mots bienveillants de Melody.

Je n'avais goût à rien, au point de me demander si je devais partir ou pas.

— Je viens d'avoir Alice, et nous t'accompagnerons à cet hôtel, dit Melody.

— Tu ne lui as rien dit de plus, rassure-moi ?

— Juste que c'était le bon moment, dit-elle.

— Bonjour mesdemoiselles ! interrompit Jeanne en déposant sur le fauteuil ma robe de cérémonie, d'une couleur prune sur un cintre.

Elle débordait de joie sans remarquer que j'étais au fond du gouffre, elle dégageait beaucoup d'excitation pour le mariage de son amie, et attendait patiemment le sien avec son mystérieux fiancé.

— Je rentre me préparer, ça ira Jay ?

— Je n'ai pas le choix, il le faudra bien…

Melody partit quand le coiffeur se proposa d'arranger mes cheveux, il m'avait suffi d'un regard pour qu'il comprenne que ce n'était pas nécessaire.

En descendant au rez-de-chaussée, je passai devant la chambre de ma mère, une personne lui poser des questions à mon sujet.

— Votre fille est dans un état ! C'est affreux !

— Elle a cherché à se faire du mal encore une fois, et cette fois-ci, je reconnais qu'elle ne s'est pas... Bref si nous parlions d'autre chose, répondit ma mère.

— C'est si triste...

Je continuai mon chemin, avec la peur de croiser Noam, que j'en avais des sueurs froides et un début de crise d'angoisses. Une véritable torture. À chaque marche, je me souvins des cigarettes écrasées entre mes cuisses, de cette odeur de cramé, de son visage. Je n'en pouvais plus, les allers-retours incessants des serveurs me donnaient le tournis. Ils portaient des fleurs, encore des fleurs, des plateaux, des bouteilles. Je devais m'asseoir pour reprendre mes esprits. Je me sentais faible, je n'étais pas totalement remise de mes blessures.

— Jaylyne ! Que fais-tu donc assis dans les escaliers ? La cérémonie commence bientôt, tu devrais te changer.

Mon oncle s'assoit à côté de moi et je fis comme si je ne l'avais pas entendu.

— Tu as failli perdre la vie. Je comprends que la mort de ton père t'a fortement affecté, et que tu ne sois pas d'accord avec ce mariage...

— Ferme là ! criai-je en me levant. Tu ne sais rien ! Tout le monde ici s'en fout de ce qu'il a pu vraiment se passer. Je ne me suis pas fait mal !

Il fut surpris par ma réaction et les propos que je venais de tenir. Je m'arrêtai net de parler quand Gloria et Sylvio entrèrent, Sofiane détourna les yeux et partit dans le jardin. Je me sentais de plus en plus mal, et encore plus pour lui, cela augmentait ma culpabilité.

— Nous vous prions d'excuser notre fils, il n'est pas bien depuis ce qu'il t'est arrivé, répondit Gloria. C'est ton ami… Jaylyne. Je pense qu'il t'en veut.

— Il était… là… Je dois y aller, je ne me sens pas bien ! Mon oncle me retint par le bras.

— Je hais Noam, il mérite d'aller en enfer.

— On ne peut pas dire de telles choses sans raison. Il a fait ou dit quelque chose qui t'a contrarié ?

— Tu nous inquiètes, dit Gloria en s'approchant.

— Laissez-moi tranquille, vous m'avez menti. *Une mère ne voit rien !* criai-je en me dirigeant vers le jardin.

Je portais un ensemble de survêtements noirs, mes cheveux partaient dans tous les sens. Quelques invités dans le jardin remarquèrent ma présence, certains étaient gênés, d'autres chuchotaient comme le jour de l'enterrement de mon père. Ils étaient dans une ambiance chaleureuse et insouciante. Ce mariage me donnait l'envie non seulement de tout casser, mais surtout de gerber.

Sofiane m'évitait toujours du regard, pendant qu'Alice, que je n'avais pas vue depuis des semaines, fut choquée par mon état. Elle comprit d'un simple regard, elle fit un pas pour s'avancer vers moi, je refusai en levant la main.

Un peu plus loin, Viktor de Loornie se tenait à l'écart des invités, la maladie l'affaiblissait de jour en jour. Noam discutait avec Jeanne, lorsqu'il m'aperçut, furieux. Il vint vers moi, je gardai mon calme en fermant les yeux. La peur montait.

— La leçon ne t'a pas servi, murmura-t-il à mon oreille. Ne t'en fais pas, une fois les festivités terminées, je m'occupe de toi.

Les bras croisés, je ne prenais pas en compte ses menaces et il s'excusa légèrement embarrasser auprès des invités en expliquant que j'étais en pleine crise d'adolescence. Il retourna près de Jeanne qui faisait de grands signes à David. Elle sauta à son cou pour l'embrasser, et montra à ses amies sa bague de fiançailles. J'observais la scène des présentations sans trop réfléchir, quand soudain je réalisai que cet homme était le mystérieux fiancé. Je n'en croyais pas mes yeux, mais dès qu'elle eut le dos tourné, David me fit un clin d'œil. J'étais tétanisée, prise de panique, je regardais par terre, puis autour de moi. En me levant trop rapidement, je fus prise à nouveau de vertiges, j'essayai de me maintenir debout.

Courir, fuir, oui, je devais partir.

— Jaylyne ! cria Alice.

— Non ! Ne t'approche pas, laisse-moi ! Laissez-moi ! hurlai-je.

J'étais trop faible pour courir, je titubais puis je suis tombée au niveau des marches de la terrasse. Les invités étaient restés sans voix, personne ne disait rien. J'ai réussi à entrer dans la maison, les murs me servaient d'appui, mon corps se cognait à chaque coin, les serveurs criaient de faire attention. J'ai monté les escaliers en me tenant fortement à la rampe. Je me suis jetée sur les w.c. de ma salle de bains, et j'ai vomi tout ce que j'avais. Ma tête bouillonnait.

Je voulais leur dire ce que ces hommes m'avaient fait. Je n'arrivais pas, les mots ne sortaient pas.

Je tournais en rond près de mon lit. Ce n'était pas possible, j'étais en plein cauchemar. Cet homme, David, sortait avec l'amie de ma mère, et Noam se marie avec ma mère ! Ils m'ont violée ! Ils sont tous là, je devrais le dire !

J'attrapai un sac dans mon armoire pour y mettre la boite récupérée dans le bureau de mon père, ma pochette avec tous les billets dedans et mon pc portable. J'avais tout mis. Et pour la première fois, je me sentais prête à faire quelque chose de complètement dingue : conduire. Je tenais les clés de la voiture automatique de mon père, ce n'était pas compliqué, je me souvenais qu'il fallait appuyer sur l'accélérateur.

Ma mère était au pied des escaliers, seule sans son père. Ses parents n'ont pas voulu assister à cette cérémonie, tout comme moi, ils détestaient Noam.

— Jaylyne ? Qu'est-ce que… tu fais là ?

— Je pars !

— Non ! Non ! Je te l'interdis ! Tu ne peux pas !

— Depuis la mort de papa, j'ai subi beaucoup de choses dans cette maison, je n'ai plus rien à faire ici, alors laisse-moi partir ! criai-je en descendant rapidement les escaliers.

Elle tenta de m'empêcher avec sa robe bien trop imposante, elle ne se sentait pas suffisamment libre de ses mouvements. Je n'avais pas d'autres choix que de la pousser, en la faisant tomber par terre, j'ai pu ainsi accéder au garage par la porte sous les escaliers. Pendant qu'elle criait à l'aide, j'avais réussi à m'introduire dans le véhicule. Pas le temps de renseigner les coordonnées GPS de l'hôtel, j'activai l'ouverture automatique du garage. Noam se tint devant la voiture, il m'ordonna de sortir en tapant de toutes ses forces sur le capot, j'avais peur de faire n'importe quoi. Une voix me disait de foncer sur lui, car il était impossible de le contourner, je ne savais pas trop quoi faire. Alors j'ai verrouillé les portes de la voiture, il essayait tout même de forcer avec rage, et David vint à son aide. Tous les deux s'acharnèrent sur les portières, ma mère arriva à son tour en tenant sa robe de mariée à bout de bras. Je devais faire quelque chose, j'ai mis le contact et je me suis rappelé les instructions de mon père, il y a très longtemps. Je démarrai le moteur, en appuyant à fond sur la pédale de frein, le levier positionné sur le D, je levai trop rapidement le pied sur le frein et la voiture sortit du garage en furie. J'évitai de justesse le jardin du voisin d'en face en braquant le volant à gauche.

Dans le rétroviseur, j'avais pu voir que Noam s'était retrouvé à terre, David tomba sur lui et ma mère hurlait mon prénom. J'ai roulé, roulé, je voulais aller le plus loin possible, loin d'eux, loin de tout ça. J'avais des visions encourageantes de mon père assis sur le siège côté passager. Ce n'était que le fruit de mon imagination, des larmes s'en suivirent, je pleurais sans m'arrêter.

Je laissais mes amis derrière moi, mon ami Sofiane.

***

Je m'étais arrêtée sur le bord d'une route, je ne savais pas où j'étais, je pleurais tellement que je ne voyais plus rien. Je ne me rendais pas compte de ce que je venais de faire, mes larmes m'empêchaient d'indiquer l'adresse dans le GPS. Je repris mon souffle, avant de reprendre la route, je pensais encore voir mon père, mais c'est mon téléphone qui n'arrêtait pas de vibrer sur le siège passager. Son image a disparu et j'ai roulé pendant trois heures, avec une pleine concentration.

Les panneaux indiquaient enfin l'hôtel Del Pierna, je suivis les flèches, je garai la voiture péniblement. Je pris mes affaires et je descendis vers l'accueil, un grand jeune homme blond d'environ une vingtaine d'années était au comptoir.

— Bonsoir, puis-je vous aider ?

— Je crois que je suis en danger, alors… j'ai fugué.

— Dois-je faire appel à la police ? dit-il avec un air inquiet.

Je me tus, j'étais épuisée par ce long trajet et mes larmes coulèrent le long de mes joues.

— Je vois. Je sais ce que nous allons faire, je t'offre la chambre pour cette nuit, tu sembles avoir fait beaucoup de route et tu dois être extrêmement fatiguée.

— Merci, mais j'ai de quoi payer, répondis-je en fouillant paniquée dans mon sac.

— Inutile, tu n'es pas en état. Suis-moi, je t'accompagne jusqu'à ta chambre.

Il prit les clés dans le casier derrière lui, je le suivis en jetant un œil avisé sur l'hôtel et aux alentours. J'étais dans un endroit inconnu, je n'arrivais pas à m'y faire. Nous étions arrivés devant la porte de ma chambre.

— Sinon, je m'appelle Eliott, surtout n'hésite pas si tu veux quelque chose, n'importe quoi, je suis là à ton service.

— Eliott… ?

— Oui, Eliott. Oh, non ne fais pas attention à mon badge, je ne porte jamais le mien, dit-il avec un clin d'œil.

Contacte Eliott…Hôtel Del Pierna. C'était lui.

12

Il me laissa sur le pas de la porte, car il devait régler une urgence. Pour la première fois depuis la mort de papa, je me retrouvais seule, je sortis mes affaires, assise dans un des fauteuils de la chambre. Mon téléphone n'avait plus de batterie, je l'avais mis en charge et rallumé, les notifications s'affichèrent les unes après les autres. Je voulais compter les billets, j'enlevais le film qui les retenait, et je commençai à lire la lettre de mon père.

"Ma fille,

100 000 € c'est beaucoup pour une jeune fille comme toi et pas assez pour moi. C'est un beau demi-héritage n'est-ce pas ? Ce n'est qu'une partie de ce que je te laisse, je dois cela à mes enfants. Tu as bien fait d'accepter cette jolie pochette dorée, qui te représente ma princesse. Je t'aime. Ton père."

J'avais donc entre les mains 100 000 €, qu'est-ce que je pouvais bien faire de tout cela ?

Comment a-t-il eu tout cet argent ?

J'avais inspecté d'un peu plus près la pochette, il y avait quelque chose de dissimuler. Il fallait déchirer le tissu, j'en sortis une carte SD, heureusement que j'avais emporté mon ordinateur portable. Je l'insérai dans le plot, en cliquant sur le fichier, des photos s'affichèrent sur mon écran, on pouvait y voir mon père avec Anna de Loornie et un bébé, devant l'hôtel Del Pierna. Ce devait être le fils dont il a parlé dans son SMS, cependant mon cerveau n'était pas en capacité de résoudre cette énigme avec la fatigue accumulée et pourtant je continuais de faire défiler les photos. Ensuite, j'ai déposé mon ordinateur et remis les billets en vrac dans mon sac, la pochette ne servait plus à rien.

Parfois, je fermais les yeux, pour revoir le visage de mon père, il me manquait. Je me rendais compte que je ne savais pas ce qu'il faisait exactement pour ce Viktor, ni ma mère dans son agence immobilière, et Noam, quel était son job ? Que faisaient-ils tous réellement pour lui ?

J'inspectai la pièce, une chambre avec un grand lit et une baignoire, je pourrais me faire un bain, histoire de me détendre. Je fis couler de l'eau très chaude et je plongeai mon corps. Mes bleus, toutes mes cicatrices, ressortaient à travers l'eau, je ne méritais pas de vivre. J'avais la peau sur les os, je ne me nourrissais pas comme il fallait.

Je restai silencieuse après cela, un silence apaisant, la télé n'était pas allumée et je n'entendais personne dans les chambres à côté. Le peignoir était si doux, que je le gardai sur moi avec les cheveux mouillés, pour me plonger dans les draps de ce grand lit douillet.

***

Le téléphone de la chambre n'avait pas cessé de sonner, impossible d'ouvrir les yeux, mon cerveau ne répondait toujours pas, mon corps refusait de bouger.

On frappait à la porte, mes yeux s'ouvraient difficilement pour se refermer aussi vite.

— Tu es là ? C'est Eliott, je suis inquiet parce que cela fait tout de même 3 jours que tu n'es pas sortie.

Aucune réponse de ma part, j'avais les lèvres asséchées, incapable de prononcer le moindre mot. Il insista plusieurs fois, puis finalement il comprit que ce n'était pas la peine.

J'essayais de bouger mes doigts, puis mes bras, et je me levai du lit avec une grosse migraine. Rester au lit n'allait pas faire avancer les choses, j'étais là pour quelque chose. Je jetai un rapide coup d'œil sur mon téléphone, il était chargé et clignotait à cause des notifications. Une icône m'indiquait que mon répondeur était saturé de messages, et de nombreux SMS d'Alice et Melody, mais aucun de Sofiane.

Un appel manqué de Noam…

Au bout du 21e jour, il fallait sortir pour me réhabituer à la lumière du soleil, et me nourrir de vrais repas, car jusque-là je me contentais de commander des potages et des yaourts. J'avais aussi décidé de faire du sport tous les jours sans exception à 11 heures, au point d'avoir des courbatures. Courir m'aidait à ne pas réfléchir ni penser.

Quelquefois, je croisais Eliott à son comptoir, et pour lui éviter des problèmes avec son patron, j'avais réglé la facture de la chambre. Quand je le voyais, je me demandais si c'était lui que mon père m'avait parlé. Pouvais-je lui faire confiance alors qu'il ne portait pas son vrai badge ? J'avais vraiment des doutes sur sa vraie identité.

Ma mère ne cherchait pas à savoir comment j'allais, elle avait abandonné les appels, de toute façon elle ne voulait rien savoir, pensant que cette histoire était inventée de toutes pièces pour me faire remarquer. L'amour peut rendre les gens aveugles. Elle l'a épousé, alors qu'elle disait aimer mon père. J'ai été abusée, violée et torturée par cet homme sans cœur, mon ami a été témoin de la scène malgré lui. Il n'avait absolument rien demandé.

Tous les jours, mon oncle Tony tentait de me joindre en vain, je ne répondais pas. J'ai remarqué que c'était tous les jours plus ou moins à la même heure, il n'avait pas l'air de comprendre que je ne voulais pas lui parler. Puis un jour, j'en ai eu assez, que j'avais fini par décrocher.

— Enfin tu me réponds ! Tout va bien ? Où es-tu ? J'ai voulu lancer un avis de recherche pour te retrouver, ta mère… m'en a dissuadé.

— Cela ne m'étonne pas.

— Dis-moi juste où tu es et je viens te chercher.

— Oncle Tony ? Est-ce que tu trouves normal que ma mère ait remplacé ton frère aussi rapidement ? Ou suis-je la seule à trouver cela dérangeant ?

— Elle a le droit d'avoir une vie, me répondit-il spontanément.

Il y eut un blanc dans la conversation.

— Jaylyne, je veux te voir.

— Pour le moment, je ne suis pas prête, au revoir, Oncle Tony.

J'avais raccroché, son appel était inutile.

***

Un mois déjà que j'étais dans l'hôtel, nous étions en mars 2017, je regardais de temps en temps les photos de la carte SD, et je lisais le carnet de notes pas très explicite de mon père. Sur une feuille, j'avais inscrit les codes donnés avant de mourir.

Durant mon séjour, Eliott s'occupait de moi, car il se montrait inquiet et voulait que j'arrête de prendre que du riz blanc. Je pensais que c'était suffisant, or je ne prenais pas de poids, alors tous les matins, il me déposait un plateau contenant un petit déjeuner assez copieux. J'étais reconnaissante, jusque-là il avait respecté mon intimité, et un soir il tenta une approche.

— Je peux entrer une minute ?

— Oui tu peux, répondis-je.

— Sans vouloir te vexer, es-tu anorexique ? As-tu fui le domicile de tes parents parce que tu as des problèmes alimentaires ?

— Non pas du tout, c'est trop long à expliquer, dis-je en regardant ailleurs.

— J'ai tout mon temps.

— Tu me rappelles un ami, répondis-je timidement. Lui aussi, il voulait que je lui dise les choses et je n'y arrivais pas.

— Je te promets de ne porter aucun jugement. D'ailleurs, ton prénom c'est Jaylyne ?

— Oui, et toi tu t'appelles réellement Eliott ? Je dois…

Je n'arrivais plus à parler, j'étais prise à nouveau de vertiges, je m'asseyais dans le fauteuil. Je repensais à mon père, à ma mère et les images de la soirée où Noam m'a fait du mal. Je me sentais gênée d'un coup, je voulais me vider l'esprit. Je n'avais pas le cœur à papoter avec Eliott, alors que je pourrais lui dire que c'est peut-être lui que mon père m'a dit d'aller voir.

— Qu'est-ce que tu fais ?

— Je veux courir.

— Tu as été ce matin ! Qu'est-ce que tu fuis ? C'est de ma faute, j'ai fait quelque chose de mal ?

— Eliott, laisse-moi, je dois courir !

Je franchis la porte, il faisait nuit et on ne voyait pas grand-chose dehors, courir sans lumière n'était peut-être pas la meilleure idée. Les images de cette nuit-là, mon père étendu, les ambulanciers, les lumières, la détonation... Noam, puis David, Mike, allongés sur moi, je revoyais ma mère en robe de mariée. Sofiane qui se débattait. Anna de Loornie... Je m'arrêtai d'un coup dans la rue pour reprendre mon souffle, et je vomis, quand un véhicule stationna à mon niveau c'était Eliott.

— Il est tard pour courir, monte avec moi !

— Non, je veux courir encore ! Fous-moi la paix ! Je suis sûre que tu ne t'appelles pas Eliott !

— Jaylyne ! Monte je te dis, arrête tes foutues conneries. Tu ne fais que courir donc stop ! Monte dans la bagnole, nous devons parler !

Il était en colère, alors je m'exécutai en ouvrant la portière, j'étais remplie de frustration.

— Je t'emmène manger un morceau. Regarde-toi tu es toute maigre, courir tous les jours n'arrangera pas les choses.

Je venais de rendre mon seul repas de la journée, je n'avais pas très faim. Nous avons roulé jusqu'à un pub brasserie, un serveur nous avait installés à une mini table avec des chaises en bois, il y avait beaucoup de monde, et de la musique en fond. Il nous remit la carte des plats et boissons. Ce fut une première pour moi de me retrouver dans un lieu plutôt branché comme ça, j'étais assez impressionnée. Les gens semblaient si insouciants et contents, ils étaient soit en groupe, soit en couple ou seuls. Ils parlaient, rigolaient entre eux, d'autres s'embrassaient. Je ne serai jamais comme eux, j'avais perdu toute envie, et toute féminité. Je ne voulais plus vivre dans ce corps souillé.

— On n'est pas bien ici ! Respire, lâche-toi. Regarde autour de toi. Souris un peu, la vie est belle.

— Je ne suis pas très à l'aise. J'aimerais rentrer, ce n'est pas un lieu pour moi.

— Mangeons d'abord, et ensuite nous rentrerons. Tu n'as rien à craindre, je viens souvent ici.

Je pris le temps d'examiner chaque table, une par une.

— Ils ont beaucoup de chance d'être heureux… Je ne pense pas que j'en ai le droit.

— Tout comme toi ou moi, ils ont surement des problèmes, mais ils continuent de profiter de la vie.

— Possible ! Ça, tu n'en sais rien. Pour moi c'est différent, dis-je avec les larmes qui commençaient à venir.

— Nous avons toute la nuit pour parler, nous pourrons même faire la fermeture, vu que je connais le proprio.

— Peut-on manger d'abord ? Ensuite on parle…

— Non, parle d'abord.

Il appela le serveur pour lui demander de ne pas me servir tout de suite, d'attendre qu'il lui fasse signe et il le remercia.

— Tu n'as aucun droit !

— Je vais me gêner ! Tu ne veux pas une soupe par hasard ? Ton appétit est revenu après avoir vomi sur le bord de la route ?

Ne sachant plus quoi lui dire, je baissai la tête. Est-ce que je pouvais lui faire confiance ? Il agita sa main devant moi pour signaler sa présence, pendant que le serveur lui déposa sa commande.

— Mon père, Henri Plummer, est mort l'année dernière, cela fait 1 an et j'ai été…

— *Violée ?*

— Non ! Il m'a battue, oui voilà… J'ai été battue par mon beau-père. Ma mère n'a rien remarqué, elle a continué sa petite vie comme si de rien n'était.

— Tu peux tout me dire, il t'a *violée* n'est-ce pas ?

— Je ne peux pas dire ce mot… Par contre, si c'est bien toi Eliott, alors tu es celui que mon père m'a demandé de contacter… Dis-moi que tu es cette personne ?

Il s'arrêta de manger et posa ses couverts.

— Réponds à ma question, s'il te plait, demandai-je trépignant d'impatience.

— Enfin, tu te décides… à poser la question.

— Tu ne portes pas ton vrai badge, je n'avais pas confiance.

— Alors oui, je suis bien Eliott, et… je suis ton demi-frère.

— Ce genre de blague…

— Je suis le fils d'Anna de Loornie, m'interrompit-il.

Grâce à lui, je comprenais enfin les messages, les photos de la carte SD, et le SMS de mon père qui disait à Anna qu'il prendrait soin de son fils. Mais… c'était leur fils, mon demi-frère.

— C'est quoi cette histoire ? Pourquoi ne m'a-t-il rien dit ? Pourquoi ?

— Il voulait attendre…

— C'est trop tard ! Il est mort ! J'ai été… Oh ! dis-je.

— Jaylyne, je suis désolée, me dit-il en attrapant une de mes mains tremblotantes. Papa avait des projets pour nous. Je vais tout t'expliquer.

Le serveur vint lui demander s'il pouvait me servir ma commande, Eliott accepta. Le pub se remplissait de plus en plus, encore des groupes de jeunes qui venaient boire des verres ou manger. Impossible de contrôler mes sanglots et j'étais en colère d'apprendre que nous avions des liens de parenté, mais surtout que mon père m'avait caché cela. Anna avait eu une aventure avec mon père avant ma venue au monde, alors lui et ma mère ce n'était que du vent. Il avait déjà une autre famille. J'étais jalouse de lui, même s'il n'avait pas eu une enfance heureuse. Dans ses souvenirs, il voyait sa mère pleurait à chaque fois qu'elle devait le laisser, car elle ne pouvait pas l'emmener au domaine de Loornie.

— Le samedi, nous nous retrouvions tous en famille.

— Nous le faisions aussi avec ma mère Catherine, le dimanche...

— Je voulais te voir, te parler, passer du temps avec toi. Henri et ma mère ne voulaient pas, ils pensaient que c'était trop tôt et que tu ne comprendrais pas.

— Il était évident que pour moi, j'étais sa seule et unique enfant. Tu aurais dû venir le jour de l'enterrement de papa...

— Je n'étais pas bien. J'avais essayé de joindre ma mère, en vain... elle a disparu sans laisser de trace.

— Je crois qu'elle est... morte, Eliott.

— C'est impossible !

— Mon beau-père me l'a dit...

Il quitta la table, sans que je puisse avoir eu le temps de le retenir. Je venais de lui annoncer une terrible nouvelle. Certaines personnes dans la brasserie me regardèrent, j'étais seule à ma table et j'attendais. Mon assiette devant moi, je n'y avais pas touché. Il allait bien finir par revenir, je le voyais à travers la vitre du restaurant, il faisait les 100 pas. Je décidai de le rejoindre sur le parking du restaurant, je fus gênée de quitter la table.

— Tu as raison sur mon beau-père. Je me sens sale et j'ai mal… Je m'en veux de ne pas avoir écouté papa. J'aurais dû te retrouver avant que cela n'arrive. Et je suis désolée pour la mort de ta mère. Je m'y suis mal prise.

Il s'approcha de moi pour me prendre dans ses bras, il sanglotait, impossible de le consoler. Il me serra si fort, je me sentais en sécurité dans ses bras, que je pouvais entendre son cœur battre. Cela me faisait du bien. Nous avions perdu notre père, et lui se retrouvait orphelin.

— Je garderai l'espoir qu'elle soit encore en vie. Attends-moi dans la voiture pendant je règle le repas.

— J'ai payé, on peut y aller.

Dans la voiture, j'avais confié à Eliott que je ne supportais plus de me voir en blonde, et il m'avait donc proposé de m'acheter quelques colorations afin que je puisse faire mon choix.

Il resta un peu avec moi dans la chambre, pour me parler de mon père et des différents échanges qu'ils avaient eus. De peur que Viktor découvre qu'elle avait eu un enfant, Anna échangeait de moins en moins avec lui. Nos nouvelles missions, pour moi c'était de savoir qui avait tué mon père et lui de retrouver sa mère.

Était-elle réellement morte comme l'a prétendu Noam ?

Deux semaines plus tard, j'ai accepté de revoir mon oncle, dans un parc pas très loin de l'hôtel. Assise sur un banc, je l'attendais depuis une bonne demi-heure. Je lui fis un signe de la main, quand je l'ai vu, il me cherchait partout et il ne s'attendait pas à me voir en brune. Eliott m'avait aidée à faire ma nouvelle couleur, j'avais choisi un brun faisant ressortir mes yeux bleus meurtris.

— Cela fait longtemps que tu attends ? Tu as faim, tu veux que nous allions boire quelque chose ? C'est immense ici, il y a un café sur la grande place, on peut y aller pour…

— Nous sommes très bien ici, l'interrompis-je. Assieds-toi s'il te plait et admire cette vue.

— Ta mère se fait du souci, dit-il en s'asseyant.

— Peut-on éviter de parler d'elle, s'il te plait ? Je ne reviendrai pas dans cette maison, je ne veux plus les voir, surtout LUI.

— LUI ? Explique-moi ce qu'il s'est passé. Pourquoi t'es-tu enfuie ?

— Pendant des mois je vivais dans la peur, je ne dormais pas, je ne mangeais plus. Papa venait de mourir et maman n'a rien fait pour me remonter le moral ou m'aider à faire le deuil. Ensuite, elle a fait venir Noam chez nous… il est la cause de mes insomnies, mon mal être et j'ai préféré le fuir, car je souffrais beaucoup trop... Je souffre encore...

Mes larmes, je n'avais que ça, je ne pouvais plus prononcer un seul mot, j'avais trop mal. Je n'osais plus le regarder. Il ne réagissait pas, juste il posa doucement sa main sur la mienne, j'ai tourné la tête vers lui. Son regard avait changé, je ne pouvais pas le décrire, était-il en colère ou triste de mon sort ? Il avait deviné.

— Je me sens si coupable et honteuse face à toi. Es-tu en train de faire mon procès dans ta tête ? C'est ma faute ce qu'il m'est arrivé n'est-ce pas ?

— Enfin non Jaylyne, tu ne peux pas te sentir coupable, tu es une victime. Tu ne peux pas vivre ainsi, cet homme doit être puni pour ce qu'il a fait. Je dois en parler à Catherine, elle m'écoutera. Tu es la fille de mon frère... Comment a-t-elle pu laisser faire cela ? Pourquoi n'ai-je rien vu ? Quel mariage !

— Nous ne pouvons rien faire ! C'est trop tard, je n'ai plus aucune preuve et ils m'ont soignée à la maison... Oncle Tony, je veux le tuer... Je veux tuer Noam.

— Non, non... Tu gâcheras ta vie pour rien.

— Aide-moi à le tuer s'il te plait ! Je ne sais pas si cela me fera me sentir bien, mais je veux qu'il paie.

Pendant qu'il réfléchissait en poussant de longs soupirs, j'ai pensé que c'était le bon moment pour lui faire des confidences.

— Papa a eu un autre enfant, un garçon, il s'appelle Eliott. Sa mère c'est Anna de Loornie.

Il se mit debout pour mieux digérer la nouvelle.

— Henri m'a caché beaucoup de choses… dit-il à voix basse avec une profonde déception.

— Oncle Tony, je veux savoir qui a tué papa, et retrouver la mère d'Elliot. Tiens le numéro d'Eliott, ton neveu.

Il avait regardé le post-it où tout était inscrit.

— Je peux te faire confiance ?

— Oui…

Je me sentais de plus en plus gênée face à lui, et il me demanda à plusieurs reprises si j'allais bien. Je faisais semblant, car au fond de moi, je n'étais plus la petite fille qu'il a connue, j'ai été souillée et j'ai perdu toute mon innocence. J'espérais me venger en tuant cet homme, pour ainsi me retrouver…

13

Je vivais dans cet hôtel depuis trois mois, et l'envie de tuer Noam devenait une obsession. Je jouais avec des couteaux, je regardais des films d'horreur. Je me couchais et me levais avec le mot *vengeance* sans penser aux conséquences.

Eliott et moi avions fait une chronologie de tous les évènements produits, il me conseilla de reprendre mes consultations avec le docteur Bowen.

— Mon père était un homme correct, je pense.

— Dans ce job, il n'y a pas de bons ou de méchants. Tu peux mourir pour n'importe quelle raison, déclara-t-il.

— J'ai oublié de te dire qu'avant de mourir, il m'a donné des chiffres : -0.761 499

— Toi aussi ? J'ai eu aussi une série de chiffres : 172.577 451.

— Tu as une idée de ce que c'est ?

— Laisse-moi quelques minutes pour réfléchir.

Pendant qu'il regardait en l'air en pleine réflexion, j'en ai profité pour prendre un verre d'eau fraîche avec une rondelle de citron. Après quelques minutes à tapoter sur le clavier de mon ordinateur, il me dévoila les résultats de sa recherche avec fierté, la série de chiffres correspondait à des coordonnées GPS.

— C'est une ile ? On dirait qu'elle est perdue, dis-je stupéfaite.

— Visiblement… elle n'est répertoriée nulle part.

— Cela ne nous mène à rien. Nous devons continuer nos recherches. Est-ce que tu as des souvenirs avec eux, ce que tu faisais, où tu étais ? L'endroit où tu as vécu ?

— Cet hôtel était mon domicile et nous avions une chambre à nous. Je n'y suis jamais retourné, l'ami de notre père m'a donné un logement plus adapté. Cette chambre doit être occupée, tu veux que nous allions voir si elle est libre ?

— Eliott, j'ai un pressentiment.

— Ne t'en fais pas. Je n'en aurai pas pour longtemps, en plus il est bientôt 10 heures, j'ai trois ou quatre départs aujourd'hui. Tu vas à ton rendez-vous et on se retrouve en début d'aprèm.

Il me regarda avec des yeux attendrissants, il ressemblait beaucoup à sa mère avec un air de mon père. Je l'accompagnai à la porte de ma chambre, il sortit au même moment que d'autres clients, et des jeunes filles qui se mirent à rire.

— Elles doivent penser que tu es ma petite amie… dit-il en se tournant vers moi.

J'esquissai un léger sourire avant de refermer et de me laisser glisser le long de la porte. Je ne pourrai jamais avoir de petit ami.

Arrivée dans le cabinet médical du docteur Bowen, celui-ci avait beaucoup de mal avec ma nouvelle coupe de cheveux. Il me scrutait en même temps qu'il consultait mon dossier.

— Il y a un problème docteur ?

— Est-ce que ça va ? Il parait que tu es en fugue et te voilà brune, comme si tu cherchais à ne pas être reconnue.

— Vous avez raison…

— Très bien. Où es-tu en ce moment ?

— Dans un hôtel qui s'appelle Del Pierna, je ne suis pas toute seule. Le fils d'Anna de Loornie est là-bas aussi.

— Anna a eu un fils ?

— Oui, avec mon père, Henri Plummer. J'ai eu du mal à y croire, une aventure avec cette femme… c'est difficile de l'admettre. Il y a aussi autre chose… j'ai été…

Je ne savais pas comment aborder le sujet. Mon cœur me brûlait, je le sentais battre tellement vite, comme s'il voulait sortir hors de moi. Eliott m'a encouragée et je devais le dire, oui je devais parler, mais chaque fois que je prononçais son nom, j'en tremblais. Le mot viol ou torture ne sortait pas de ma bouche. Je me sentais coupable, honteuse comme si je l'avais cherché.

— J'ai été… battue à mort par mon beau-père : Noam Quertic. Il m'a agressée à plusieurs reprises…

— Quoi ? Quand ? dit-il en saisissant le combiné de son téléphone.

— Que faites-vous ? Qui appelez-vous ?

— La police !

— Non raccrochez ! C'est trop tard, c'est passé. Je n'ai aucune preuve. En plus, vous avez oublié qu'il travaille pour Monsieur de Loornie.

— Tout le monde travaille pour cet homme… Jaylyne, as-tu pris des photos de tes blessures ? As-tu prévenu ta mère, tes amis ?

— Mes amis sont au courant…

— Tu dois en parler à la police ! Comment peux-tu laisser cet homme libre ?

— Personne ne me croira. Le seul soutien que j'aurais pu avoir était celui de ma mère, qui a refusé de m'écouter. Maintenant ils sont mariés, dis-je avec dépit.

— Tu es une victime et nous devons prévenir la police !

Je l'empêchai de composer le numéro en cachant les touches avec mes mains. Sa réaction fut surprenante, car il voulait m'aider.

— Je ne veux pas et vous êtes tenu par le secret médical, donc vous ne direz rien non plus.

Il fit un geste affirmatif de la tête et j'enlevai mes mains.

— Pourquoi Noam a-t-il fait cela ? Comment a-t-il pu ?

— Je suppose qu'il devait se douter qu'Anna et mon père se fréquentaient, et peut-être qu'il voulait être avec elle. Donc par jalousie et vengeance, il s'en prend à moi… Je serai sûrement la prochaine à mourir.

— Tu ne mourras pas… ce n'est pas…

— Quoi ? Qu'en savez-vous ? Vous travaillez pour de Loornie ?

— Moi ? Non ! Absolument pas ! dit-il avec un air vexé. Je suis ton médecin-psychiatre, et j'insiste sur le fait que tu dois aller voir les autorités compétentes, tout en faisant attention à toi. Je ne pensais pas te dire cela, mais je suis très inquiet pour toi, et pour la suite.

Il essaya d'obtenir des informations sur mon agression, je refusai. Adossé dans son siège, tenant un stylo dans sa main, il ne prenait plus de notes. Nous étions restés silencieux jusqu'à la fin de la séance. J'avais la boule au ventre, les images de mon viol resurgissaient. Il s'était levé pour s'asseoir en face de moi sur son bureau.

— Je sais que tu voudras te venger pour assouvir ta douleur, dit-il sur un ton rassurant. Je te préviens, ce qui t'attend est bien pire que tu ne le crois alors prend le temps de réfléchir. Ne tente rien qui puisse te nuire.

— Merci docteur Bowen, j'ai bien compris. S'il vous plait, n'en parlez ni à ma mère ni à personne. Vous avez ma confiance.

— Je… hésita-t-il. Bon courage Jaylyne.

Vers 14 heures, je fis le point avec Eliott dès mon retour, il était persuadé que mon psychiatre ne tarderait pas à en parler à Viktor ou même à Noam. Je l'écoutais lorsque mon téléphone sonna, j'avais pris l'habitude de ne pas répondre aux numéros masqués, et là sans réfléchir, j'ai décroché.

— Alors vilaine fille, on parle de moi ? Ma sucette ne t'a pas plu, tu en veux encore ? Gourmande !

Je reconnaissais cette voix, mon téléphona glissa entre les mains, et tomba au sol.

Je me souvins des coups, le visage de Mike puis celui de David, ensuite Noam, des gifles et des crachats. Sofiane qui essayait de se détacher et moi nue sur la table de la cuisine en sang. Les lèvres d'Eliott remuaient sans le son, je n'entendais rien, j'étais sourde et je perdis connaissance.

Lorsque je me réveillai, il était endormi à mes côtés. Je tenais ma tête, encore assommée.

— Jay ? C'était lui au téléphone ? J'avais raison !

Je ne le regardais pas, la tête baissée avec les poings serrés.

— Je veux qu'il meure.

— Ôte cette idée, il n'en est pas question.

— Pourquoi ? Dis-moi ? Pourquoi doit-il continuer à vivre comme bon lui semble et pas moi ? J'ai mal ! Je souffre ! IL M'A DÉTRUITE ! J'ai tout perdu ! Regarde dans quel état je suis, regarde-moi ! Ils ont tué ta mère !

— Nous n'en savons rien, alors tu dois rester forte. Nous devons tenir. Tout ce qui t'est arrivé ne sera plus qu'un mauvais souvenir.

Il ne se rendait pas compte de la gravité de mon état, pour toute la vie je serai envahie par la honte. J'ai eu tellement mal pendant des semaines, mon corps est détruit à jamais, toutes ces douleurs au ventre, et ces brulures sur ma peau qui ont eu du mal à cicatriser. J'avais fait une dizaine de tests de grossesse, car ils ne s'étaient pas protégés, j'ai même dû faire un test du VIH. Je n'ai jamais eu de rapports sexuels, je n'y connaissais absolument rien et mon seul moyen de me soigner était de trouver les informations sur internet. J'ai soigné une Maladies Sexuellement Transmissibles (MST), mais ce que je craignais le plus, c'était d'avoir un enfant à l'intérieur de moi, je ne l'aurais pas supporté.

— Nous savons que le docteur lui a parlé et nous approchons du but, déjà nous avons cette île... Tu ne tueras personne, Jaylyne !

— Mais il viendra peut-être ici ! Je ne veux pas rester seule dans la chambre.

— Viens avec moi à la réception.

J'avais remonté mes cheveux vers le haut pour en faire un chignon et enfilé le peignoir blanc de la chambre par-dessus mes vêtements. Dans l'arrière de la réception, j'attendais qu'Eliott examine les consignes de son collègue. Je regardais mes mains, et mon regard se tourna vers la porte d'entrée de l'hôtel. Un homme s'approchait, et plus il avançait plus je commençais à mieux le distinguer, quand il se présenta au comptoir d'accueil, sans réfléchir je me cachai dans le sofa.

— Bonjour, Gary ?

Eliott avait toujours cette habitude de ne pas mettre son vrai badge, une bonne idée qui le sauvait.

— Bonjour monsieur ! Bienvenue au Del Pierna, que puis-je faire pour vous ?

— Une chambre.

— À quel nom s'il vous plait ?

— Noam Quertic.

Je me noyais à l'intérieur du sofa, je ne bougeais plus, je ne respirais plus. Mon cœur battait de plus en plus fort, tellement fort qu'il me faisait mal. Les yeux fermés, je les entendais et sans hésitation Eliott lui remit les clés d'une chambre. Noam repartit sans poser de questions et je pus sortir de ma cachette pour m'enfuir.

— Attends, dit Eliott en chuchotant. Ne t'en va pas.

— Je ne peux pas rester ici, je dois me cacher, dis-je effrayée.

— Calme-toi, respire, tu ne crains rien. Je suis avec toi...

— Sofiane aussi était là et il a...

— Je suis Eliott, je suis ton frère et je te protègerai. Il s'en va demain. Tout ira bien. Tu es en sécurité avec moi.

Je hochai la tête, sans être réellement rassurée. Il avait pris l'habitude de me réconforter en me prenant dans ses bras.

— J'ai peur, Eliott et j'ai mal... au ventre, dis-je en essuyant mes larmes. J'ai des palpitations au cœur, je n'arrive pas à calmer mes angoisses...

Je ne comprenais pas pourquoi ils m'avaient fait cela et encore moins ce qu'ils cherchaient.

— Allez prends une grande inspiration et viens avec moi, je vais t'installer dans la loge de la réception. Tu vas y passer l'après-midi, qui risque d'être longue...

— Je tiendrai, dis-je.

Il enregistrait les départs, ainsi que les arrivées, les clients défilaient, nous étions un vendredi, le weekend s'annonçait charger. Il profita de sa courte pause pour proposer à son collègue de prendre sa soirée, comme ça il resterait là. De temps en temps, il venait s'assurer que j'avais de quoi m'occuper. La loge qu'il partageait avec son collègue ressemblait à un studio, il faisait à peu près 11 m², de quoi mettre un lit simple, un mini réfrigérateur, un lavabo, une douche et des w.c.. Tout était propre, ils entretenaient bien cette pièce commune.

La porte resta entrouverte pour lui permettre de garder un œil sur moi. L'après-midi fut si longue, je tournais en rond, et la nuit tomba, mais je n'arrivais pas à trouver le sommeil. Pourtant, j'étais fatiguée, j'essayais de maintenir les yeux ouverts sur Eliott assis au comptoir, il lisait un bouquin. Il ne me semblait pas inquiet. Je n'arrivais plus à tenir.

— Non, ne dors pas, je ne dois pas dormir, me dis-je avant de m'assoupir.

Je me réveillai en sursaut, Noam patientait devant le comptoir de l'accueil. La frayeur pouvait se lire dans mes yeux grands ouverts, je tremblais sous les draps enveloppés autour de moi.

— Où puis-je trouver un distributeur de boissons ?

— Oh, c'est vous, Monsieur Quertic. Je vous prie de m'excuser, je ne vous avais pas vu. Les distributeurs sont accessibles à chaque étage, or je suis étonné, il y en a un pas loin de votre chambre.

— Je dois être aveugle... peu importe. Je me demandais si vous aviez parmi vos clients une jeune fille blonde devenue brune, une adolescente mince... et encore mince j'ai un doute.

— Monsieur... Quertic, je ne suis pas en mesure de vous communiquer des informations sur nos clients. Nous devons respecter leur vie privée.

— Et si j'en parlais à Monsieur de Loornie ? Vous le connaissez ? Il me semble qu'il a inauguré cet endroit... il peut le détruire.

— Vous avez raison. J'essaye de voir ce que je peux faire, sinon puis-je en parler à mon responsable ?

— Le registre s'il vous plait, dit-il en tendant la main.

Eliott se trouva face à un dilemme, il fixa longuement Noam, puis il lui imprima une feuille. Il savait que mon nom n'était pas inscrit, donc il n'y avait rien à craindre.

— Voilà le listing des clients de l'hôtel de la semaine, et ceux de la semaine dernière.

— Je veux celui des 3 derniers mois. Et pouvez-vous me dire si Eliott travaille ici ?

— Euh… bien sûr, c'est mon collègue, il a pris sa journée et je le remplace. Je suis désolé pour ces 3 derniers mois, il faut que je remonte jusqu'aux archives… cela prendra un peu plus de temps.

— Vous ne faites aucun effort, je repasserai une autre fois, répondit Noam en lui balançant la feuille au visage.

Eliott le remercia de sa visite, il se rassoit soulager. J'avais pleuré en silence, les draps ont été trempés par mes larmes.

***

Après le passage de Noam, je ne sortais plus de ma chambre, je restai au fond du lit avec la lettre de mon père et sa photo. Eliott ne sachant plus quoi faire pour me remonter le moral, il prit l'initiative d'inviter mes amis. Il savait leur nom vu que je lui en parlais souvent. Pour les accueillir confortablement, il m'avait remis les clés d'une nouvelle chambre, avec un séjour, et une immense salle de bains comprenant une douche italienne, et une grande baignoire. Cette chambre était plus spacieuse que la première et elle disposait de tout le confort nécessaire pour nous quatre, avec un gigantesque canapé d'angle. Nous aurions pu profiter de la vue sur la forêt sauf que par peur d'être repérée, j'ai gardé les rideaux fermés.

Sofiane arriva le premier par le bus, et je ne savais pas comment j'allais lui parler de ce qu'il s'était passé. C'était la première fois que je le revoyais depuis cette nuit-là. Il n'osait pas s'approcher de moi, il était très gêné avec toujours le regard fuyant.

— Je suis si contente que tu aies accepté l'invitation d'Eliott.

— Il faut dire qu'il a été assez convaincant… J'ai longuement hésité, m'imaginer te revoir me faisait mal. Mes parents s'inquiètent de mon état, de mon silence, je me souviens encore des moindres détails, je ne pourrais jamais l'oublier… ni toi non plus d'ailleurs.

— Tu aurais pu leur dire…

— Jaylyne, je ne veux pas mêler mes parents à ça et les mettre en danger… Toi, tu ne le vois plus, il me lance des regards noirs menaçants, dit-il avec colère. J'ai tellement envie de lui cracher à la figure. Le pire dans tout ça, c'est ta mère… Elle est complètement aveuglée par l'amour, c'est hallucinant.

— Si tu savais à quel point je suis désolée pour tout cela, j'aurais dû t'écouter, dis-je en baissant la tête.

— Je ne pense pas que cela aurait changé grand-chose. Comment te sens-tu ? demanda-t-il avec hésitation.

— Je ne suis plus moi, tu penses voir la Jaylyne d'avant…

— Tu as raison, ma Jaylyne… est blonde.

Nous n'avons plus rien dit, nous attendions, assis autour de la table, lui à l'autre bout et moi à l'extrémité. Melody et Alice ne devaient pas tarder à nous rejoindre.

Je voulais me lever et me jeter dans ses bras, mais je sentais qu'il n'était pas réceptif pour une approche. Il avait la même attitude que mon oncle, pas une seule fois il ne m'a regardé dans les yeux.

— Je t'en veux de ne pas nous avoir écoutés, dit-il en quittant la pièce.

— Hey petite conne ! cria Alice en entrant sans frapper.

— Je n'ai pas encore réussi à faire un truc complètement dingue ? dis-je en essuyant mes yeux humides.

Elle déposa un sac rempli de choses à grignoter, comme des chips, des paquets de biscuits, des bières et pour Sofiane, elle lui avait pris du jus de fruits.

— C'était dingue, mais pas assez ! dit-elle en me serrant dans ses bras. Alors, dis-nous tout sur Eliott.

— Je n'ai pas grand-chose à dire.

Sofiane revint dans le salon pour saluer les filles, il a bien voulu que Melody le prenne dans ses bras, ce qui me rendit un peu jalouse. Elle me demanda où elle pouvait déposer ses affaires pendant qu'Alice s'assied au sol en tailleur, avec une bière à la main.

— Jay, est-ce que tu as découvert des choses depuis que tu es ici ? me demanda Melody.

— En gros, elle a découvert que son papa a eu une aventure avec Anna, la femme de son boss, un enfant est venu au monde. Ton papa n'osait pas t'en parler… ensuite il a été tué peut-être par le boss et tu as été violée…

— Alice ! Ferme-la !

Son arrogance m'exaspérait, j'étais furieuse contre elle que j'en avais des bouffées de chaleur. Je ne supportais plus mon sweat, j'avais trop chaud, en l'enlevant je dévoilai mon corps criblé de cicatrices. Melody horrifiée, elle mit ses mains devant sa bouche.

— S'il vous plait, pas un mot, surtout toi Alice ! Ça suffit ! dis-je en les pointant du doigt.

Ils hochèrent la tête et Alice ne prononça plus un seul mot déplacé.

Pour changer de sujet, je leur ai parlé de l'ile inconnue trouvée grâce aux codes de notre père. Melody semblait intéressée et posait de nombreuses questions, Alice faisait attention dès qu'elle ouvrait la bouche pour parler et Sofiane ne disait rien. Dès que mes yeux se posaient sur lui, je me perdais dans les flashbacks, je n'arrivais pas à les chasser de ma tête.

Était-il encore possible de vivre après tout ça ? Comment le pourrais-je ? Chaque fois que je me regardais dans le miroir, mon reflet faisait ressortir l'image d'une jeune fille brisée... Je ne me reconnaissais plus.

D'un côté, je voulais tout abandonner, de l'autre, je voulais comprendre pourquoi j'ai subi tout ça. Quoi qu'il en soit, je voulais et j'avais cette envie de m'enfuir sur cette île. Même si je me posais de nombreuses questions : fallait-il partir maintenant ? Fallait-il attendre ?

J'avais aussi cette obsession... me venger.

Plus tard dans la soirée, Sofiane avait retrouvé la parole, il disait que ma mère et la sienne se voyaient régulièrement, mais qu'elles ne parlaient pas de moi, je n'existais plus.

Eliott frappa à la porte et je lui ouvris. Ils étaient ébahis de voir un grand et charmant jeune homme blond.

— Bonsoir, tout le monde. C'est moi Eliott, dit-il en levant les mains.

— Je suis enchantée de te rencontrer, moi c'est Alice.

Elle se leva pour lui serrer la main en rougissant un peu.

— Toi, tu dois être Sofiane. Merci d'être là, je sais combien c'est difficile, sache que tu ne crains rien ici. Jaylyne avait vraiment besoin de toi.

Le silence de Sofiane en disait long, Eliott n'en tenu pas compte et continua les présentations.

— Melody ! J'aime beaucoup ton prénom, une douce mélodie.

— Je ne suis pas vraiment douce, mais cela fait plaisir à entendre.

— OK ! Parfait, nous avons fait connaissance, bienvenue au Del Pierna, annonça-t-il avant de poser son regard sur moi. Que fais-tu, Jay ? Arrête !

Sans m'en rendre compte, je me rongeais les ongles jusqu'au sang, c'est l'une des conséquences dues à mon stress et mes angoisses.

— J'ai envie de tuer Noam, je veux me venger, dis-je sans réfléchir. Je n'osais pas le dire, mais cela fait des semaines que j'y pense… Je me vois le faire.

— Jaylyne, ça ne va pas ! cria Sofiane.

— C'est dans ma tête, je veux me venger… Je dois le faire.

— Je ne pense pas que cela soit raisonnable, répondit Eliott avec un air pensif. Mais je suis d'accord avec toi.

Ils le regardèrent bouche bée et choqués par ce qu'il venait de dire.

— Vous êtes complètement malades tous les deux ! dit Sofiane

— Qu'est-ce qui vous arrive ? Je ne comprends pas… vous voulez vraiment le tuer ? Mais comment ? demanda Melody complètement perdue.

— Peu importe comment, je veux me joindre à vous, lança Alice en se mettant debout.

— Non ! Non ! Vous ne pouvez pas faire ça, je ne suis pas d'accord, s'inquiéta Sofiane.

— Nous finirons en prison, ajouta Melody devenant de plus en plus pâle. Tu ne peux pas te venger en tuant quelqu'un, il est préférable de le mettre devant la justice... Sofiane peut témoigner, nous pouvons tous témoigner !

Avant d'aller dans la chambre, je pris mon sweat pour essuyer mes doigts et puis je revins avec les documents trouvés dans le bureau de mon père, ainsi que l'argent donné par Viktor de Loornie.

— Noam veut forcément quelque chose qui est ici, Eliott et moi nous ne comprenons rien à tout ceci. D'où vient cet argent, regardez !

— Elle a raison, pourquoi il l'a violée ?

Je levai les yeux vers Eliott, il avait sorti le mot, je ne voulais pas l'entendre, je ne voulais pas l'accepter. Pourtant, j'étais une victime, victime d'abus sexuel, victime de viol. Melody avait compris que j'étais bien déterminée à me venger, Sofiane, quant à lui, ne semblait pas ravi par cela.

— Un ami de mon père peut nous aider à déchiffrer ses documents. Je lui fais confiance, dit-elle en prenant les documents sur la table. Cela ressemble à des actes de propriétés, des contrats immobiliers...

— Je propose que l'on commande, lança Sofiane pour mettre un terme à cette discussion. J'ai faim.

Il me jeta un regard méfiant. J'aurais tellement voulu lui faire comprendre que je devais le faire pour me faire pardonner et me venger pour lui, pour moi… Pour mon père.

Les pizzas arrivèrent, ils ont mangé et rigolé sans s'apercevoir que je n'avais rien avalé. Alice s'endormit dans le canapé, tandis que Melody et Sofiane dormaient dans le grand lit à côté du mien.

Avec Eliott, nous prenions l'air dehors, il tenait un carnet abimé entre ses mains.

— Je suis allé dans la chambre qu'Henri et Anna prenaient à chaque fois qu'ils venaient ici me voir. J'ai fouillé un peu et j'ai trouvé ceci. On dirait un journal intime, mais je ne préfère pas le lire, alors je te le confie.

Je le remerciai avec un léger sourire.

Il me remit ce précieux trésor : le journal intime d'Anna de Loornie, la mère d'Eliott.

14

Mes amis restèrent le weekend, et Melody n'arrivait toujours pas à croire en mes intentions de tuer. Au départ, je m'imaginais tenir une arme et tirer une simple balle dans la tête de Noam, je l'aurais regardé s'écrouler à terre, mais c'était bien trop simple.

Quand ils sont partis, Alice promit de faire des efforts, Sofiane ni regard, ni un au revoir, et Melody m'avait souri en guise de soutien.

Je me suis posée dans le canapé avec le journal intime d'Anna légèrement abimé sur les côtés, en l'ouvrant je découvrais une belle écriture.

Elle commençait par raconter sa rencontre avec Viktor, et son coup foudre pour mon père, alors qu'elle n'avait que dix-sept ans. Il assurait effectivement sa protection, ils passaient beaucoup de temps tous les deux. Au bout de 6 mois, elle lui avoua ses sentiments, et ce fut réciproque, ils tombèrent amoureux l'un de l'autre. Elle recherchait du réconfort, mais surtout de l'amour, ce que Viktor ne lui apportait pas. Celui-ci voulait juste une belle jeune femme à ses côtés pour ses représentations en public, ses réunions d'affaires, et pour assister aux divers galas de charité, rien de plus. Elle expliquait que mon père souhaitait quitter ma mère, Catherine. Il lui avait confié ne pas être heureux et Anna affirmait qu'elle n'avait jamais eu de rapports sexuels avec son mari, ils faisaient chambre à part.

Il a suffi d'une nuit pour Anna, sa première fois avec Henri pour tomber enceinte. Au début de sa grossesse, elle craignait la réaction de Viktor, mais à aucun moment, elle n'y a pensé y mettre un terme. Elle obligea mon père à trouver une solution, il proposa de l'envoyer faire une formation bidon. Viktor avait confiance en mon père, et accepta sans vérifier. Pendant un an, elle a pu quitter le domaine de Loornie, elle se sentait libre.

Pour ne pas éveiller les soupçons, mon père avait engagé une jeune fille pour assister aux cours à la place d'Anna, pendant qu'elle profitait de sa grossesse, ici à l'hôtel Del Pierna.

En lisant ce journal, leur histoire paraissait belle, et j'étais trop jeune pour me douter qu'il y avait quelque chose entre eux. Je m'allongeais en pensant à eux, le carnet posé contre ma poitrine.

Le lendemain, Eliott était déjà là avec le petit déjeuner. J'avais remplacé le chocolat par du café, je mangeais un peu mieux, cependant je m'interdisais d'être heureuse.

— Bien dormie ? De quoi parle-t-elle dans son journal ?

— J'en suis à leur rencontre et j'ai trouvé une photo de ta naissance. Elle a écrit : « *J'espère que mon cher Henri sera présent pour la naissance de notre fils. J'ai hâte de voir sa petite bouille.* »

Notre père avait pu assister à la naissance de son fils qui a eu lieu un samedi, ils étaient si heureux, surtout lui. Une sage-femme à domicile payée pour garder le secret l'a aidé à mettre au monde Eliott. L'accouchement fut douloureux, heureusement qu'il était à ses côtés pour la soutenir. Elle se montra forte et courageuse.

— J'aimerais savoir pourquoi elle ne m'a pas gardé auprès d'elle. Pourquoi est-elle retournée au domaine de Loornie ? Cela me rend triste.

— C'était pour l'héritage, une importante fortune…

— Elle a risqué sa vie pour ça, enfin si on suppose qu'elle est morte. Peut-être qu'elle est cachée sur cette ile ? Je me pose beaucoup trop de questions… et toi pourquoi as-tu payé pour eux ?

— Attends une minute, je te lis un passage : « *Je suis à nouveau enceinte et je ne le savais pas, selon le médecin c'est une petite fille. Mon cher Henri sera un papa tellement comblé avec Eliott et notre fille, je l'appellerai Jaylyne…* »

Je jetai violemment le carnet sur le lit, des photos tombèrent de mon père et moi, d'Eliott et moi, de nous quatre… Je les ai pris pour regarder de plus près, j'étais tétanisée, sans voix, et les larmes commencèrent à couler.

— NON ! NON ! hurlai-je en frappant le lit.

— Quoi ? Qu'est-ce qu'il se passe ? demanda Eliott en panique.

— Je suis… TA SŒUR !

Aucune réaction de sa part, nous nous regardions face à face, l'information mettait du temps à arriver.

— JE SUIS TA SŒUR ! répétai-je avec insistance. Tu n'es pas mon demi-frère, mais mon frère… Anna était notre mère. C'était MA mère… ils étaient nos parents !

Les sanglots éclatèrent, je ne pouvais plus rien contrôler, je n'arrivais plus à respirer. Je fus prise de tremblements incontrôlables. Cette phrase était bien écrite « *Jaylyne, ma princesse, ton papa prendra bien soin de toi et il te protègera, je prie pour qu'il ne t'arrive rien de mal ».*

Eliott découvrit nos actes de naissance cachés dans une pochette du carnet. Il les posa sur le rebord de la table basse, il se tenait la tête entre les deux mains, puis se leva calmement, il était paumé.

— Catherine n'est pas ta mère, elle ne l'a jamais été et tu n'as donc aucun lien avec cette femme… Noam n'est même pas ton beau-père !

— Et alors ? JE M'EN FOUS ! dis-je furieuse. J'ai vécu dans le mensonge toute ma vie et j'ai été…VIOLÉE !

Le mot sortait enfin, je reconnaissais avoir été violée, et j'avais la haine en moi que j'en pleurais. Je pleurais toutes les larmes de souffrance. Toute ma rage explosait et j'avais envie de tout casser. Eliott essayait me prendre dans ses bras alors que je me débattais, je le repoussais. Je voulais me jeter en l'air, j'avais trop mal, je voulais m'ouvrir les veines parce que cette douleur me dévorait de l'intérieur. Il parvint enfin à me maitriser en posant un simple baiser sur le front comme mon père le faisait.

Apprendre que ma mère n'est pas ma vraie mère, que j'ai été salie sans raison, c'est difficile… Mon père m'a menti… Catherine m'a menti… Ils m'ont tous menti.

J'étais anéantie dans les bras d'Eliott, complètement abattue, j'ai versé beaucoup de larmes. Mon cœur n'était plus là, il a fini par céder, brisé à tout jamais.

Plus tard dans la soirée, il reprit la lecture, en s'assurant que cela ne me dérangeait pas. Je l'ai écouté attentivement en buvant un thé au miel.

Anna voulait partir avec mon père, puis revenait à chaque fois sur sa décision. Elle hésitait, elle ne savait pas quoi faire. Quand Eliott eut 5 ans et moi tout juste 2 ans, Henri n'en pouvait plus d'attendre, il avait 30 ans et elle 23 ans, ils se disputèrent. Il lui reprochait d'être une femme vénale, que l'argent ne faisait pas tout, et Anna fut vexée. Elle disait vouloir le meilleur pour ses enfants, sauf qu'elle ne me voyait pas, elle n'était pas là pour nous. Elle ne m'a gardé qu'une seule journée et c'est Catherine qui m'a élevée, dès ma naissance. Mon père aurait tenté de raisonner Anna, allant même jusqu'aux menaces, cela ne fonctionnait pas et il n'en pouvait plus. Elle insistait sur le fait qu'il fallait assurer notre avenir avec la fortune de Viktor et que nous serions tous à l'abri.

Incapable de faire un choix, mon père abandonna tout espoir, laissant les années défiler. Elle resta auprès de Viktor, pendant que nous grandissions, Eliott et moi, chacun de notre côté, sans connaitre l'existence de l'un et l'autre.

— Notre mère a blessé notre père, dit Eliott en refermant le carnet. Il l'aimait et il l'a attendu en vain.

— Je me souviens que parfois il était si triste, dis-je encore en larmes. 16 ans… à vivre comme ça ?

— 19 ans…

— C'est vraiment triste, elle était présente à mon anniversaire pour mes 10 ans. Si j'avais su qu'elle était ma mère… je ne sais pas ce que j'aurais fait. Elle était si belle, si douce, mais à lire son journal c'est une tout autre femme. Elle a été égoïste…

J'étais dans le brouillard et je commençais à avoir les idées noires, mourir pour stopper cette souffrance, cette douleur et cette peur. J'ai été élevée par une femme mauvaise n'ayant aucun cœur, et qui a épousé un homme malhonnête, odieux.

— Anna rêvait d'une belle vie de famille, pourquoi n'a-t-elle pas suivi ce rêve ? dis-je.

Eliott me fixait comme s'il venait d'avoir une révélation, ses yeux s'écarquillèrent et il s'approcha de moi, en me prenant les mains.

— Tu ne peux plus le tuer…

— QUOI ? Bien sûr que si. Je le peux ! criai-je contrariée et choquée, en dégageant ses mains. Pourquoi ne pourrais-je pas ? Il doit payer ! Je ne peux pas le laisser en vie ou alors c'est moi qui me tue !

— Arrête ! Nous pouvons partir, comme notre père le souhaitait. Peut-être que nous devons aller sur cette ile, notre mère est peut-être en vie là-bas.

— NON ! Elle est morte ! Nos parents sont morts !

— Écoute, tant que je n'aurais pas la preuve, je continuerai à croire qu'elle est en vie quelque part.

— Eliott, à ton tour de m'écouter, dis-je en le pointant du doigt. Je ne partirais pas tant que cet homme n'aurait pas eu ce qu'il mérite et je veux savoir pourquoi j'ai subi tout cela !

Il soupira en signe de désespoir. Ce journal intime nous a bouleversés, nous étions frère et sœur, notre père était amoureux d'Anna, mais elle préférait rester auprès de Viktor, un homme riche sans amour pour elle.

« *Je devais partir avec toi mon cher Henri, mais Viktor a besoin de moi. Fais attention à toi, car Noam a tout découvert. Je ne sais pas quoi faire… Je vous aime mes chers enfants.* »

En lisant la dernière phrase, Eliott comprit enfin qu'il y avait peu d'espoir de retrouver notre mère, vivante.

— Tu vois. Noam a tué notre mère, je dois me venger… ou je t'assure que je mets fin à mes jours. Je ne supporte plus de vivre ainsi.

15

Une fête pour les 30 ans de mariage des parents d'Alice avait lieu dans les prochaines semaines et tous les voisins du quartier allaient s'y rendre sauf Noam. Il avait décliné l'invitation. Nous savions que le quartier serait calme, le moment idéal pour mettre en place ma vengeance.

Entre temps Eliott et Melody s'étaient échangés des informations sur les documents trouvés, cela concernait le domaine de Loornie. Ils n'ont pas voulu m'en dire plus, pour éviter de me perturber.

Il était aux alentours de 18 heures, quand j'ai quitté l'hôtel Del Pierna avec Eliott, et les autres devaient nous retrouver sur place. Alice a pu s'éclipser de la fête sans se faire remarquer, elle nous a rejoints dans le jardin, où j'étais déjà cachée avec Melody. Les garçons déguisés en livreurs sonnèrent à la porte et nous avions profité pour nous introduire dans la maison par la cuisine, pendant que Noam se dirigeait vers l'entrée. Eliott l'aspergea avec la bombe lacrymogène en pleine figure et Sofiane l'assomma d'un grand coup de matraque, puis il est monté rapidement à l'étage pour s'occuper de Catherine.

Nous avions aidé Eliott a ligoté les pieds et les mains de Noam, après lui avoir découpé et enlevé tous ses vêtements. Ensuite, nous l'avions porté jusqu'au plan de travail, et déposé exactement au même endroit où j'ai subi toutes ces atrocités. Le simple fait de le toucher me dégoutait, que j'essuyai nerveusement mes mains.

Je ne sais pas ce qui me retenait de ne pas en finir avec lui de suite, en lui enfonçant un couteau dans son crâne. Il serait mort trop rapidement, trop facile.

La panique montait de plus en plus chez Melody, elle avait peur, Eliott partit faire le guet dehors, et Sofiane surveillait Catherine à l'étage. Il était l'heure de réveiller mon bourreau, Alice lui injecta une piqure d'adrénaline.

— Dégagez ! Ne me touchez pas ! Bande de tarés !

Il m'énervait déjà, je pris une pince pour lui extraire une dent, il se mit à crier en s'agitant dans tous les sens.

— Espèce de petite garce ! Qu'est-ce que vous foutez tous ici ? C'est quoi ce bordel ! cria-t-il en crachant du sang. Je viens de saisir, on a inversé les rôles c'est ça ?

— Je vais…

— Tu vas quoi ? m'interrompt-il. M'arracher toutes mes dents ou prendre du plaisir comme j'en ai pris. Tu ne t'en souviens peut-être pas, mais avec toi c'était l'extase !

Alice lui planta un couteau dans sa cuisse droite, puis elle s'arrêta net, elle me regarda confuse en s'écartant. Je repris le couteau et lui fis plusieurs lacérations à la cuisse ainsi qu'aux bras. Il hurlait de douleur, Melody me supplia d'arrêter, je fis mine de ne pas l'entendre ni la voir.

— Bordel de merde ! Qu'est-ce que tu fous ? dit-il en hurlant de douleur. Ça suffit tes conneries, détache-moi ! J'ai mal ! Tu fais chier !

— Non.

— Comme si tu avais des couilles toi ? dit-il en rigolant nerveusement. Tu n'iras pas jusqu'au bout !

Il me provoqua, et pour lui prouver ma détermination, le couteau encore entre mes mains, je m'attaquai à l'autre cuisse. C'est alors qu'il poussa des cris effroyables à vous glacer le sang, en m'insultant de tous les noms. Pris au piège, il comprit finalement de quoi j'étais capable, ses insultes me glissèrent sur la peau.

Je jetai un œil sur Alice immobile et silencieuse, Melody se cachait les oreilles. Catherine demandait de l'aide à l'étage, en vain.

— Espèce de folle ! Tu te sens forte tout d'un coup, cria Noam.

C'était plus fort que lui, il ne pouvait pas s'empêcher, malgré le sang qu'il perdait, il insistait.

— Sofiane ! Amène Catherine, ses hurlements m'agacent ! Alice fait quelques pansements pour stopper l'hémorragie, nous devons encore le maintenir en vie.

— Jaylyne la cheftaine ! Tu es devenue une femme ! dit-il avant que son regard ne change lorsque Catherine entra dans la pièce.

Elle prit peur, parce que je tenais encore le couteau à la main. Sofiane et Melody l'empêchèrent de s'enfuir et la firent s'asseoir sur une chaise en face du plan de travail.

— Voilà où nous en sommes, dis-je en m'avançant vers elle. C'est ici que ton cher amant m'a fait subir… les pires choses, dont je suis certaine que tu étais au courant. J'ai aussi appris des choses sur mon passé. Ma naissance, *ma vraie mère*… Anna. Tu veux savoir ce que mon père m'a laissé : un grand frère.

Noam cessa de s'agiter net, pour écouter attentivement, pendant qu'Alice lui bandait les cuisses.

— Anna a eu deux enfants ? Ça change beaucoup de choses, déclara Noam avec le visage pâle.

— Qu'est-ce qui change ? demandai-je.

— Ne l'écoute pas, intervint Melody.

Catherine se mit à pleurer en me suppliant de ne pas faire de mal à Noam.

— Non, je ne le crois pas, tu as un cœur ?

— Tu ne feras rien Jaylyne. Sois raisonnable et laisse-nous partir s'il te plait.

— Pourquoi ? Tu savais ce qu'il se passait dans cette maison ?

— Je…

— DIS-LE ! criai-je en la menaçant avec mon couteau.

— Oui… Oui… Je savais et j'entendais tout… Je t'en prie, ne nous tue pas… dit-elle en éclatant en sanglots.

— Tu veux que je te montre ce qu'il aimait me faire ?

Alice me passa une cigarette que j'allumai après avoir déposé le couteau. J'expirai la fumée sur le visage de Catherine, qui détourna la tête. Je me remis au niveau de Noam pour l'écraser sur plusieurs parties de son visage, il fut criblé de brulures. Il avait mal, mais il continuait avec ses insultes. Melody n'en pouvait plus, elle se mit dans un coin du salon.

— Arrête ! Tu es devenue comme lui ! cria Catherine.

— Pourquoi prends-tu encore sa défense ?

— Parce que je l'aime... tu n'es pas ma fille. Henry m'a menti. Je voulais que tu en paies les conséquences...

— Même si je n'étais pas ta fille, tu aurais pu me protéger de LUI ! dis-je en le pointant du doigt. Je n'ai rien demandé. Alors pourquoi ?

— Henri aimait cette Anna, moi je ne comptais pas pour lui... Quand j'ai su leur plan, j'ai tout dit à Noam et Viktor en a été informé par la même occasion...

— Tu n'écoutes donc rien ! Je t'ai dit que je n'ai rien demandé, est-ce que tu comprends les mots qui sortent de ma bouche ? POURQUOI ?

— Je ne voulais pas d'enfant, encore moins d'une gamine qui vient de je ne sais où. J'ai deviné que tu étais la fille d'Anna lorsqu'elle est venue à tes 10 ans. La façon dont elle te regardait et t'observait... C'est aussi l'attitude d'Henri, son comportement semblait différent avec elle...

— Jaylyne, il perd connaissance, m'avertit Alice.

— Je te hais Catherine ! Regarde bien ce que j'ai l'intention de lui faire !

Je repris la pince pour lui extraire une nouvelle dent et une autre encore. J'y mettais toute ma force.

— OH ! Je vais gerber ! dit Melody.

— Arrête de regarder si cela t'écœure, j'en ai marre de t'entendre te plaindre, lança Alice. Reste dans le salon et tais-toi !

Catherine implorait maintenant mon pardon. Je n'en avais rien à faire. Noam s'agitait de plus en plus, les bandages imbibés de sang ne tenaient plus, et sa bouche se remplissait de sang à cause des multiples extractions de dents.

— J'aurais dû t'étouffer avec mon sexe dans le fond de ta gorge ! cria-t-il en me crachant à la figure.

Alice et moi, couvertes de sang, étions indignées par cette phrase, que je ne pouvais pas laisser passer. Elle s'écarta du plan de table en reculant.

— Tu voulais m'étouffer avec ÇA ! criai-je enragée. C'est trop, j'en ai marre, j'ai perdu assez de temps avec toi !

— QU'EST-CE QUE TU FOUS ?

Je sortis un marteau, que je levai en l'air puis je me mis à frapper de toutes mes forces sur son sexe, encore et encore, jusqu'à l'écraser en bouillie. Catherine hurlait à en perdre la voix. Sous le choc, Melody s'écroula au sol et Sofiane vint à ses côtés.

— JAYLYNE arrête ! NON ! NOAM !

— Catherine ! Tu vas la fermer ta sale gueule ! lui ordonna Alice.

— C'est fini Jay, dit Sofiane. Il ne dit plus rien, il est mort !

Il était effectivement sans vie sur le plan de travail. Sans m'en rendre compte, une artère a été sectionnée, ce qui lui fit perdre une importante quantité de sang. Le marteau tomba sur le carrelage de la cuisine, un éclat se créa et je regardai mes mains tremblotantes en sang.

— Tu l'as tué ! NOAM !

— Oui !... Je l'ai tué ! Tu ne comprends donc toujours pas ce qu'ils m'ont fait ? J'ai été VIOLÉE à plusieurs reprises, dis-je au bord des larmes. J'ai été frappée, rouée de coups, battue encore et toujours plus fort. Il m'a brulée avec ses cigarettes sur tout mon corps, je suis marquée à vie ! J'ai fait des dizaines et des dizaines de tests de grossesse !

Sofiane pleurait, car les souvenirs de cette nuit-là refont surface dans sa tête. Il ne pouvait pas oublier, ni moi... C'est tellement dur, si dur.

— Je l'aimais... osa-t-elle répondre en sanglots.

— Tu me dégoutes... tu aimais vraiment cet homme ? Cette sous-merde ! Cet homme-là qui m'a uriné dessus ! Comment peux-tu ?

Je repris une profonde inspiration, j'entendais une petite voix qui disait *fais-le*.

— Regarde bien ce que j'en fais de ton amour de merde !

— Il est mort, tu veux faire quoi de plus ? m'interrogea Alice avec un air inquiet.

— Et alors ! Je veux qu'il disparaisse pour toujours !

Le marteau à nouveau entre les mains, je me mis à taper sur son visage, jusqu'à entendre le craquement des os de son crâne. Je n'étais plus moi-même en ouvrant le corps inerte pour arracher ses organes et les introduire dans le mixeur. Disparaître, il devait disparaître. J'ai enclenché l'appareil en oubliant de remettre le couvercle, nous furent tous éclaboussés par des morceaux de chair et de sang. Melody hurla avec effroi, Sofiane resta sans voix et Alice s'était protégée avec ses bras.

— STOP Jaylyne ! cria Alice. Arrête ! Eliott, VIENS s'il te plait !

Incontrôlable, je continuais de couper, d'arracher tout ce que je pouvais dans son corps. J'entendais les pleurs, les cris de Melody et Alice me hurlait dessus. Sofiane se jeta sur moi pour m'arrêter.

— STOP ! Jay !

— Nous voulions l'argent, c'était pour l'argent... avoua enfin Catherine. Il devait juste te faire parler... L'héritage de Victor...

J'éclatai à mon tour en sanglots, je hurlai de douleur en repoussant en vain Sofiane.

— C'est fini, regarde-moi ! me dit-il en me tenant la tête. Viens, on y va, maintenant.

Alice n'avait pas résisté à cette envie de mettre une gifle à Catherine.

— C'est inhumain d'avoir laissé Jaylyne entre les mains de cet homme. Vous dites que c'était pour l'argent, croyez-vous que cela vous aurait rendue heureuse ?

— Il m'aimait… lui répondit Catherine.

— Vous êtes pitoyable ! lui lança-t-elle. Mon amie a perdu son père, vous n'étiez même pas sa mère… À quoi pensiez-vous ?

— Et vous ? Regardez ce que vous venez de faire.

— Une simple vengeance… qui aurait pu être évitée !

Telle une somnambule, je sortis de la maison, Eliott m'ouvrit la portière de la voiture, il me parlait, j'étais comme paralysée et complètement ailleurs. Mes mains et mes vêtements en sang. Il me fit monter dans la voiture, Sofiane sortit en tenant Melody par le bras, elle s'arrêta pour vomir avant de monter dans le véhicule. Alice suivait derrière et monta à l'avant, côté passager. Eliott partit refermer la porte de la maison, laissant Catherine seule avec le cadavre de

Noam, du moins ce qu'il en restait. Il s'installa au volant et pour ne pas éveiller l'attention sur nous, il roulait normalement sans aller vite.

— Je suis une meurtrière… dis-je durant le trajet.

— Qu'avons-nous fait ? demanda Melody, n'arrivant plus à contrôler ni ses larmes ni ses tremblements.

— Nous t'avions prévenu, une vengeance ne se fait pas à la légère, intervint Alice.

— Jaylyne a fait ce qu'elle devait faire, il ne te fera plus aucun mal, me réconforta Sofiane qui était redevenu mon ami.

Dans cette voiture, nous étions tous complices et coupables de meurtre avec préméditation. Alice se tournait de temps en temps vers moi avec un petit sourire.

— Nous sommes arrivés, annonça Eliott en se garant.

— Dis-moi ce qu'il se passera ensuite ? dis-je en le regardant à travers le rétroviseur.

— Non, je ne peux rien te dire. En plus, juste avant de mourir, Noam a compris quelque chose…

— Quoi donc ? Je ne comprends pas…

Eliott se tut.

— Mon cerveau est en bazar… Je ne réalise pas ce que je viens de faire, dis-je en regardant mes mains en sang.

— Catherine nous dénoncera, dit Melody en pleurs.

— Nous n'avons plus le temps, Jaylyne. Tu dois y aller, tout sera bientôt fini, fais-moi confiance, répondit enfin Eliott.

Alice en profita pour descendre elle aussi, les yeux légèrement humides, elle qui ne voulait rien laisser paraitre.

— Je ne te donnerai plus le surnom de « petite conne ».

16

Voilà mon histoire, je suis au commissariat et les policiers veulent savoir pourquoi je suis couverte de sang. Je leur ai donné mon adresse, la maison dans laquelle j'ai vécu. Des enquêteurs ont été envoyés sur place, pendant que mes vêtements ont été mis sous scellés pour effectuer des analyses. Ils m'ont photographiée de face, de profil, et mes empreintes ainsi que mon ADN ont été prélevés.

Catherine a été retrouvée sur les lieux et comme elle est en lien direct avec ce qu'il s'est passé, ils l'ont placé en garde à vue.

Pendant les 96 heures au lieu des 24 heures annoncées, j'ai pensé à Eliott, où était-il ? Que faisait-il ? Je ne m'attendais pas non plus à recevoir de la visite et encore moins d'une avocate.

— Bonjour, Mademoiselle Plummer, je suis Maitre Gwendoline Taverno.

— J'irai en prison, n'est-ce pas ? dis-je la tête baissée.

— Jaylyne, vous n'irez pas en prison.

Je lève les yeux vers elle, assez surprise par ce qu'elle vient de dire.

— Pourtant j'ai tué un homme…

— Ne parlez pas trop fort, s'il vous plait. Je sais tout ce qu'il faut savoir et mon but est de vous faire sortir de là. Nous ferons en sorte que Catherine y aille à votre place.

— Qui vous a engagé ?

— Votre oncle. Il m'a convaincue avec votre frère de me saisir de cette affaire. Je peux aussi vous dire que le docteur Bowen sait beaucoup de choses et il n'a pas eu d'autres choix que de se joindre à nous.

Elle me parle, confiante et très sure d'elle, j'ai les mains moites à force de l'écouter. Je ne vois pas très bien où elle veut en venir.

— Vous n'avez rien fait. Eliott m'a remis tout un tas de documents d'une très grande importance, c'est la suite du plan que vous ne connaissez pas. Si je vous dévoile tout maintenant, vous ne voudriez pas aller jusqu'au bout, dit-elle en me prenant les deux mains tout en me regardant droit dans les yeux. Vous devez me faire confiance.

— J'accepte alors de vous avoir pour avocate.

Elle me sourit.

— Comme vous êtes mineur, à partir de maintenant je suis considérée comme étant votre responsable légale. Le domicile de vos parents n'est plus accessible, vous serez donc logée dans un hôtel sous la surveillance d'un agent de police.

— Je sors quand ? Maintenant ? Mais je dois être auditionnée... dis-je un peu perdue.

— Ce ne sera pas nécessaire. Je dois signer quelques papiers et nous pourrons partir. Jaylyne, je comprends tout à fait que vous soyez perturbée. Avez-vous oublié que tout est possible à partir du moment où *l'on travaille pour Viktor de Loornie* ?

— Et je devrais vous faire confiance ?

— Sauf que moi, *je ne travaille pas pour de Loornie*. Mais pour votre frère et vous.

La lumière du jour m'éblouit, il y a beaucoup de monde aux abords du commissariat, les policiers nous aident à sortir. Une dame m'interpelle, je reconnais la mère de Sofiane, d'une profonde tristesse avec un air très inquiet.

— Jaylyne ! Où est mon fils ? crie-t-elle.

Je n'en savais rien, depuis quatre jours je n'ai pas eu de nouvelles d'eux, ne pouvant lui répondre, je continue d'avancer avec mon avocate. Lorsque Catherine entre à son tour dans le commissariat, elle revenait de l'hôpital. Les policiers n'ont pas eu le temps de la retenir, qu'elle se jette sur moi. Mon avocate réussit tout de même à s'interposer entre nous.

— Madame Quertic, laissez ma cliente tranquille, reculez !

— C'est elle qui a tué mon mari et vous croyez qu'elle s'en sortira comme ça.

Les journalistes approchent leurs micros et les caméras sont braquées sur nous, j'entends mon prénom de gauche à droite. Je veux m'effacer, toute cette agitation m'angoisse. Je me cache derrière mon avocate qui tente de me protéger.

— Espèce de cinglée ! Tu finiras en prison ! dit Catherine en nous bousculant.

Maître Taverno l'écarte de notre chemin, et m'attrape par le bras, pour descendre rapidement les escaliers suivis par les journalistes et leurs questions interminables. Nous montons dans la voiture.

— Prenez garde de ne renverser personne, je ne veux pas de procès, dit-elle à son chauffeur.

— Bien madame. Je tiens à mon permis, je serai vigilant, mettez vos ceintures.

Je l'observe discrètement, elle porte un tailleur pantalon bleu nuit et des chaussures violettes, une tenue de working girl. Je l'envie, c'est une belle avocate. Nous roulons depuis une bonne vingtaine de minutes, elle consulte mon dossier.

— Il a abusé de moi pendant des mois, et il m'a… violé… avec deux autres hommes, me confié-je.

— Je sais, répond-elle en regardant par la fenêtre.

— Vous prendrez ma défense alors que vous me savez coupable ? Vous savez que je l'ai tué.

— Mademoiselle Plummer, mon job est de défendre mes clients qu'ils soient coupables ou innocents.

Elle se tourne vers moi.

— Vous avez des droits, je suis là pour ça. Sauf que vous êtes innocente à mes yeux, par contre Catherine est coupable… Noam Quertic est coupable, il en est de même pour Viktor de Loornie. Les gens qui ont travaillé pour lui de loin ou de près sont tous coupables.

— Alors mon père l'est aussi.

— Oui, il l'est… malheureusement. Posez-vous les bonnes questions. Comment en êtes-vous arrivée là et pourquoi ? Mais surtout à cause de qui ? dit-elle en refermant mon dossier.

Nous sommes devant l'un des hôtels les plus huppés de la ville, rien à voir avec le Del Pierna, avec un service de voiturier, un homme, nous ouvre la portière. Elle le remercie, puis elle s'occupe des formalités au comptoir ensuite l'un des réceptionnistes, suivi d'un agent de police nous accompagnent à notre étage.

Je vais dormir dans une suite, un somptueux appartement de plus de 80 m², tellement lumineux, spacieux avec une vue impressionnante de la ville. L'homme prend le temps de nous présenter tous les services haut de gamme, puis il nous laisse.

— Comment le juge peut-il croire que Catherine l'a tué ?

— Vous êtes têtue et curieuse, dit-elle en soupirant.

Elle prend une chaise pour s'asseoir et m'invite à en faire de même. Elle m'explique que tout se jouera en ma faveur. Pendant ces 4 jours, Eliott et mon oncle ont réuni de nombreuses informations, je ne risque rien. Je l'écoute en réfléchissant à ce que cela peut être.

— Si je vous dévoile le plan, vous ne me croiriez pas et encore moins l'accepter comme je vous l'ai dit. Le fait que vous soyez dans l'ignorance la plus totale est bon pour nous et surtout pour vous.

— J'essayerai de faire ce qu'il faut…

— Tout sera bientôt fini et vous serez libre. En attendant, je vous déconseille d'allumer la télévision, aux infos, on ne parle que de vous et…

— De quoi ?

— Les images de la scène du crime passent en boucle, dit-elle avec embarras. Je vous laisse, n'oubliez pas votre rendez-vous chez le coiffeur à 14 h.

— Qu'est-ce que je vais bien pouvoir faire ici toute seule ?

— Déjà, devenez belle et *« innocente »*.

— Vous croyez qu'être blonde fera de moi une jeune fille innocente ?

— Mais vous êtes innocente, retrouvez votre apparence. Celle que vous étiez avant.

— Elle n'est plus là, la Jaylyne d'avant…

Elle hoche la tête en quittant la pièce, je me retrouve seule face à la télé. J'attrape la télécommande, et j'allume par curiosité.

— *Il y a quatre jours, le corps d'un homme ayant subi des atrocités a été découvert dans ce quartier paisible. L'épouse de cet homme, Catherine Quertic, inconsciente à ses côtés avec un marteau à la main et couverte de sang. Selon nos informations, nous avons su qu'elle tenait des propos incohérents et a été hospitalisée juste après avoir fait 48 heures de garde à vue.*

La vie de Noam est racontée, son lieu de naissance, les métiers qu'il a eus avant de travailler pour Viktor de Loornie. Les images d'une telle violence s'affichent à l'écran, cela est insoutenable à regarder, je ne réalise toujours pas ce que j'ai fait.

— *Jaylyne Plummer, la belle fille de Monsieur Quertic a également été mise en garde à vue, vu que celle-ci est arrivée au commissariat, couverte de sang. Nous ne savons pas encore le rôle qu'elle a joué dans cet ignoble massacre. A-t-elle participé ou empêché que cela se produise ?*

Ma photo apparait à l'écran, ainsi que celle de Catherine. Autre lieu, nouveau journaliste, celui-ci est devant le domaine.

— *Viktor de Loornie est souffrant, il n'est actuellement pas en mesure de répondre à nos questions. Le suspect reste Catherine Quertic, qui clame son innocence en accusant sa fille.*

Ils remettent à nouveau des images de la cuisine, du cadavre de Noam, à moitié flouté, j'ai le ventre tout chamboulé et je n'arrive plus à respirer. J'ai la gorge nouée par les sanglots. Je me rends aux toilettes pour vomir, puis je m'assieds sur le carrelage froid, ma tête entre mes genoux. Je ne me sens pas libérée d'avoir assassiné Noam et ni de savoir que Catherine risque d'aller en prison à ma place, non je me sens mal pour crier victoire.

Je prends quelques minutes pour souffler.

Il est l'heure d'aller chez le coiffeur pour retrouver ma couleur naturelle, j'éteins la télé.

L'agent de police me suit en gardant quelques mètres de distance entre nous, je suis entrée dans le salon de coiffure, et il s'est positionné sur le côté. Un coiffeur m'accueille, mes cheveux sont bruns légèrement foncé, je ne sais pas comment il peut me redonner ce côté doux et innocent.

Il me prévient qu'il envisage d'utiliser différents produits de décoloration, puis de coloration. Il a pris mon silence pour un oui. Je n'ose pas me regarder dans le miroir, les yeux fermés ou le regard ailleurs, je prends mon mal en patience jusqu'à la fin.

— Et voilà, jeune fille ! Vous êtes au top.

J'ouvre les yeux pour découvrir le résultat final, moi, la Jaylyne d'avant. C'est bizarre, je me suis habituée à me voir en brune. Les flashbacks reviennent, je revois Noam, me frappant, encore et encore. Je me vois entrain de broyer ses organes… je suis épuisée.

— Vous êtes magnifique ! Oh ! Je vous reconnais, vous êtes la jeune fille dont le beau-père a été tué ? Quelle tragédie !

Je fais un signe discret au policier, qui regardait de temps à autre si tout allait bien. Il rentre dans le salon.

— Je vous prie de m'excuser de vous avoir importuné. Tout a été réglé, euh… donc vous n'avez rien à régler, Melle Plummer. Bon courage et votre mère ira en prison ! Toutes mes condoléances.

Pas un merci ni un au revoir, je repars avec mon garde du corps, mon protecteur, il aurait pu me sauver de LUI.

J'appelle le service d'étage pour avoir un plateau repas dans ma chambre. Eliott me manque et je pense à demain, c'est un grand jour. Il y a non seulement le rendez-vous avec le juge qui m'inquiète, le mieux pour moi est d'aller me coucher, dormir dans un vrai lit après 4 jours dans une cellule, insalubre et inconfortable.

***

Il est 10 heures, lorsque je me réveille, avec les yeux gonflés, je n'ai pratiquement pas dormi. Maitre Taverno tient dans une housse ma tenue pour l'audience.

— Bonjour ! Vous êtes belle et innocente ! Joyeux anniversaire ! On se lève maintenant, je vais vous expliquer comment tout va se dérouler avec le juge et ce que vous devrez dire. Préparez-vous, un bon petit déjeuner vous attend.

Mon anniversaire, oui un grand jour et je me sens seule, vide. J'ai 17 ans.

Je prends une douche rapide, et enfile la jolie robe rouge. Une spéciale dédicace pour Catherine.

Je suis enfin prête, et le petit déjeuner ne passe pas, impossible d'avaler quoi que soit, car cela me donne des nausées. Je suis en stress en écoutant les instructions de mon avocate. J'ai du mal à croire ce qu'elle me demande de faire.

— Il est l'heure, dit-elle en se levant de la table.

Toujours cette folle agitation venant des journalistes déjà aux abords du tribunal, ils sont très bruyants. À peine sortie du véhicule, ils m'interpellent de tous les côtés, j'entends mon prénom suivi de questions.

J'ai hâte d'en finir.

— *Avez-vous tué Noam Quertic ?*

— *Que vous a-t-il fait ?*

— *Est-ce votre mère la coupable ?*

Personne ne sait que Catherine n'est pas ma mère. Je repense à ce que l'avocate m'a dit, je ne suis pas certaine que cela fonctionne, et je n'arrive pas à l'accepter. Et pourtant c'est la seule solution.

— Jaylyne, cessez de vous faire du souci, tout se passera bien. Vous êtes innocente !

— Je sais ce que j'ai fait… Les images sont là…

— Non, vous n'avez rien fait. Rappelez-vous ce que nous nous sommes dit, est-ce bien clair ? Nous devons aller jusqu'au bout.

Dans le grand et sombre bureau du juge, les agents de police, dont celui qui assure ma sécurité à l'hôtel, sont debout les bras croisés. Catherine et son avocat cessent de parler dès que nous rentrons dans la pièce. Je sens son regard sur moi, je sens qu'elle m'observe, je ne veux pas la regarder. La robe rouge fait son effet, je dois me montrer forte sauf que je ressens de fortes et douloureuses palpitations au niveau de la poitrine. Le temps est à l'arrêt, plus personne ne parle, laissant place à un silence de mort.

Soudain, la porte s'ouvre, et une femme d'un certain âge s'installe dans le grand siège face à nous. Elle porte une tenue de juge, son visage a l'air aimable, je m'attendais à une femme plus stricte et méprisable.

— Bonjour, Jaylyne, tu permets que je t'appelle par ton prénom ?

— Bonjour… Oui, bien sûr Madame la juge.

— Je suis la Juge Donnelly Marthe, nous sommes ici parce que tu as été témoin d'un crime atroce, si je peux dire. Tu devais être entendue par la police, mais après négociation avec ton avocat, nous connaitrons aujourd'hui ta version des faits, ici même... entre nous.

— Quelle version des faits ? C'est elle qui l'a fait ! intervient Catherine.

— Bonjour, Madame Quertic, la politesse n'est pas votre fort. Vous êtes encore en train de l'accuser. Vous êtes visiblement sur le choc pour l'assassinat de votre mari, QUE vous avez surement commis.

— Je n'ai rien commis de tel. Vous n'avez pas écouté MA version des faits. Personne ne m'a écouté !

— Dans ce cas, je vous écouterai plus tard, pour l'instant je souhaite donner la parole à Jaylyne.

Mon avocate me conseille de prendre une légère inspiration avant de prendre la parole, et de me lancer dès que je me sens prête. Je compte dans ma tête, le fantôme de mon père apparaît derrière la juge. Je le contemple.

— J'ai fugué le jour du mariage, pendant 3 mois, puis j'ai décidé de revenir. Il était tard quand je suis entrée dans la maison, la porte était entrouverte et Noam...

Je n'en reviens pas de dire cela, je voulais dire qu'il m'a violé, que j'ai vécu des moments atroces à cause de lui. J'hésite.

— Prends ton temps, Jaylyne.

— Il était en train de mourir, Catherine tenait un marteau entre ses mains ensuite elle a...

— MENTEUSE ! C'est faux ! hurle Catherine, en bondissant de sa chaise.

Les agents l'empêchent de s'approcher de moi, son avocat lui ordonne de s'asseoir et la juge commence à ne pas apprécier son attitude.

— Madame Quertic, dites encore un mot et je vous mets immédiatement en prison. Continue Jaylyne, venons-en aux faits, pourquoi avais-tu du sang sur tes vêtements ainsi que la raison de ta venue au commissariat ?

— C'est en voulant le sauver... J'ai tenté de le maintenir en vie, mais il est mort. Alors je me suis enfuie...

Des mensonges, encore des mensonges.

— Vous ne la croyez tout de même pas ? insiste Catherine. Vous avez forcément les empreintes de ses amis et les siennes dans la maison.

— Votre fille est innocente. Toutes les charges pèsent contre vous.

— Ce n'est pas ma… dit-elle en se tournant vers son avocat. Défendez-moi ! Elle est coupable, elle lui a ouvert le corps, je l'ai vu ! C'est moi la victime. J'ai subi un énorme traumatisme.

— Quand Jaylyne Plummer a perdu son père en mars 2016, il me semble que pendant un mois elle s'est murée dans le silence. Qu'avez-vous fait ? Vous n'avez rien fait. Votre défunt mari, Henri Plummer a été tué et vous n'étiez pas là.

Catherine comprend que c'est fini pour elle, et des mots violents sortent de sa bouche, mon avocate profite pour me chuchoter quelques consignes. Elle passe aux aveux.

— Je ne l'ai pas tué. Je n'y suis pour rien. Pour protéger Viktor, Henri a enterré celle qu'il aimait, Anna de Loornie. Elle est morte par accident. Noam voulait se débarrasser d'Henri et prendre sa place en espérant faire chanter Viktor. Alors, il a tué Henri, mais cela ne suffisait pas.

Pendant ses aveux, j'éclate en sanglots tellement c'est insupportable de l'écouter. Mon avocate me console en passant son bras autour de moi et la juge reste attentive.

— C'était un accident, Viktor ne voulait pas tuer Anna… Elle est morte au Domaine et il ne fallait rien dire. Henri a tout arrangé, en échange il a eu des codes. Viktor savait qu'Henri avait une liaison avec sa femme, et nous avions su après que… Jaylyne était la fille d'Anna…

Elle prit quelques secondes pour reprendre son souffle et sécher ses fausses larmes.

— Attendez, pouvez-vous répéter, Madame Quertic ? demande la juge. Vous n'êtes pas sa mère ?

— Jaylyne est la fille d'Henri Plummer et d'Anna de Loornie, répète-t-elle en regardant la juge dans les yeux. Viktor n'a pas modifié son testament, et la part d'Anna revient à sa fille… elle hérite de tout… De toute la fortune de Loornie. Nous voulions juste les codes.

Nous ne sommes plus dans le bureau d'un juge, mais celui des pleurs, une atmosphère de tristesse, de haine et de pouvoir parsemé d'argent. Catherine est désemparée, et moi je suis littéralement abattue. La juge ne semble pas touchée par nos larmes, elle se contente de reprendre ses notes, pour les relire à Catherine.

— Viktor a tué sa femme accidentellement et vous dites que c'est Noam qui a tué Henri Plummer, relit-elle. Jaylyne Plummer hérite de toute la fortune de Loornie si les deux venaient à mourir. J'ai cru comprendre qu'il était souffrant.

— Il est en fin de vie. Noam et moi nous voulions l'argent, rien de plus. Que vais-je devenir maintenant ?

— Madame Quertic, je n'arrive pas comprendre comment vous avez pu épouser l'homme qui a tué votre mari, pour de l'argent. J'ai envie de vous interner dans un hôpital psychiatrique.

— Je ne suis pas folle ! Je suis parfaitement lucide et…

— Le docteur Bowen affirme le contraire, l'interrompt la juge.

— Cet homme, nous l'avons payé pour faire parler Jaylyne. Comment pouvez-vous le croire ?

— Encore un aveu. Vous m'épatez, Madame Quertic, Jaylyne est une jeune fille parfaitement innocente et vous n'avez rien fait pour elle. Vous avez profité d'elle comme Noam Quertic. Par votre faute, il y a eu des morts, vous auriez dû dire non. Madame Quertic, cet homme Noam est un meurtrier et ce long séjour en psychiatrie vous fera le plus grand bien, vous serez suivie et aidée.

— Non ! Pourquoi ? crie-t-elle en s'agitant pendant que les policiers tentent de l'emmener.

— Madame Quertic, je peux le dire maintenant : l'affaire est classée sans suite, déclare la juge en se levant. Il n'y aura donc pas de procès, ni aucune enquête.

La juge serre la main aux avocats, puis elle disparaît. Le plan d'Eliott a fonctionné. L'avocat de Catherine n'est pas intervenu et il n'a rien fait pour la défendre.

— Je ne sais pas si je dois vous dire merci, Maitre Taverno.

— Ne dites rien, c'est mieux. J'ai quelque chose pour vous dans cette enveloppe, c'est votre billet d'avion pour retrouver vos amis et votre frère, ouvrez-la quand vous serez à l'aéroport.

— Où vais-je ? dis-je en larmes.

— Vous verrez bien. J'ai autre chose à vous dire, les parents de Catherine souhaitent vous voir, mais sachez que vous n'êtes pas obligée. Ils sont dans le café juste en face du tribunal.

— Je n'en ai pas envie, d'ailleurs je suppose qu'ils étaient au courant ?

— Leur fille n'a jamais pu avoir d'enfants. Ils ne l'ont pas vue enceinte.

— D'accord... je ne veux pas les voir. Je ne leur dois rien. Après tout, nous n'avons aucun lien de parenté, dis-je avec beaucoup de chagrin.

— C'est un peu dur, et je peux comprendre. Séchez vos larmes, nous devons nous rendre au cimetière pour un dernier adieu à votre père. J'ai aussi votre cadeau d'anniversaire, tenez c'est un nouveau téléphone portable.

Je la remercie avec un demi-sourire, puis nous quittons le tribunal.

***

Mon oncle m'attend devant la tombe de mon père, je n'ai pas remis les pieds dans ce lieu depuis l'enterrement. Je frissonne.

— Avant que tu ne me fasses des reproches, je pensais réellement que Catherine était une femme honnête. Je regrette de ne pas t'avoir emmené quand ton père est mort, je regrette aussi de ne pas avoir su te protéger. J'ai été aveugle.

— Je ne sais pas si je pourrais te pardonner ni mon père d'ailleurs…

C'est alors que les rayons du soleil traversent le ciel nuageux, et je sens une légère brise m'effleurer le visage, comme s'il m'avait entendue. Je ferme les yeux pour apprécier ce moment.

— Comment as-tu connu cette avocate ?

— C'est une ancienne amie qui me devait quelque chose et elle ne pouvait pas refuser, vu ce que nous lui avons proposé.

— Vous l'avez payé ?

— Ce n'est pas important. Eliott prendra soin de toi et crois-moi, je suis désolé pour Noam…

— Non ! S'il te plait, tais-toi, je ne veux plus rien entendre ! Il est mort ! dis-je en me bouchant les oreilles.

Il se tait d'embarras.

— Nous devons en rester là, dis-je en l'embrassant sur la joue pour la dernière fois. Ton amie et son chauffeur m'attendent, je dois partir.

— Je suis désolé, Jaylyne, crie-t-il au loin. Joyeux anniversaire quand même !

Je monte dans la voiture sans même lui dire merci.

Direction l'aéroport, sans aucun bagage, juste mon passeport et un téléphone.

— Maitre Taverno, savez-vous ce qu'ils sont devenus : Jeanne et… les frères.

— Pourquoi cette question ?

— Ils méritent, je pense, le même sort que Catherine… ou l'autre.

— Ne soyez pas cruelle, Jaylyne. Vous savez, l'amour, l'argent, le pouvoir, ça change les gens. Jeanne était très amoureuse de David, il l'a abandonné pour fuir avec son frère. Nous n'avons plus aucune trace d'eux. Jeanne quant à elle…

C'est sans importance. Transmettez mes amitiés à votre frère et oubliez tout ceci, je ne vous dis pas au revoir, mais adieu.

— Merci, dis-je en lui serrant la main.

Je découvre la destination, et deux SMS d'Eliott pour me dire qu'il est impatient de me retrouver.

Ainsi grâce à la fortune de Viktor de Loornie, j'ai évité la prison... J'ai assassiné un homme... j'ai menti pour me sauver et je suis libre grâce à l'argent...

Il est temps pour moi de prendre cet avion privé...

17

Janvier 2018

Toutes les portes et les fenêtres sont ouvertes, les rideaux blancs volent.

Il fait beau et chaud, nous sommes sur cette fameuse ile perdue au milieu de nulle part dans une luxueuse maison, avec une piscine immense à débordements qui donne une vue magnifique sur la mer et un grand jardin en contre bas. Une plage longue de sable fin, un port privé, et une piste d'avion. Je me force à ne pas oublier pourquoi j'en suis arrivée là. Je sais aussi que je me fais du mal.

Les documents trouvés, ces actes de propriété appartenant à Viktor, dont l'hôtel Del Pierna, ont permis à Eliott de m'éviter la prison. Notre père avait tout préparé avant son départ, il a eu le temps de modifier certaines choses. Dans le testament d'Anna et celui de son mari, une mention a été rajoutée : *ses descendants à naitre ou nés*, cela n'avait pas alerté Viktor, car il pensait qu'il n'y aurait jamais d'enfants. Cela fut facile pour mon père de mettre tous les documents à mon nom, il pensait aussi que j'allais partir le jour de sa mort pour retrouver Eliott.

Mon avocate, le juge, le docteur Bowen et les policiers ont été payés parce que je possédais le domaine de Loornie ainsi que toute la fortune. Pour les personnes présentes dans le commissariat, je ne risquais rien, elles n'ont pas été retenues ni auditionnées. L'assassinat de Noam a été mis sur le dos de Catherine puis classé.

Cette ile a été achetée par Viktor pour leurs dix années de mariage, or il n'y a jamais mis les pieds, alors Anna y venait parfois avec Henri. J'ai hérité de tous ces biens grâce à ma mère, elle savait qu'il allait mourir et il a succombé suite à une maladie incurable.

Le corps de notre mère a été découvert dans le domaine, notre père l'a enterré à l'endroit où elle voulait rester. D'après l'autopsie, elle serait morte la veille du meurtre de notre père et je me souviens quand il est rentré sale, les chaussures pleines de boue. Avec Eliott, nous avons pris la décision de détruire le domaine, par contre la dépouille de notre mère a été transférée dans le cimetière aux côtés de notre père. Nous avions chacun un compte en banque et la gestion de celui de Loornie nous a été confiée.

À mon arrivée sur l'ile, Sofiane et Melody ont mis du temps à me pardonner. Alice a eu un coup de foudre pour Eliott, grâce à lui, elle est devenue un peu plus douce. Ils ont décidé de tout abandonner pour être avec moi, malgré tout ce qu'il s'est passé.

Avec la fortune de Viktor, je peux tout faire, je suis libre, avec un sentiment de honte et un sale gout d'humiliation, car rien ne peut effacer ma souffrance. Toute la douleur à l'intérieur de moi, mais aussi toute cette culpabilité est impossible à effacer même avec de l'argent et une immense maison. Je suis morte, je ne suis plus la même. J'essaye de me convaincre chaque jour que je suis là, en vie. Je n'y arrive pas.

— Jay, est-ce que nous pouvons parler ? me demande Eliott de retour de sa balade avec Alice.

— Bien sûr, que se passe-t-il ?

— Cela fait six mois déjà… il faut que tu tournes la page. Tu restes plantée là toute la journée face à la mer…

— Est-ce que nous méritons tout ceci, Eliott ?

— Tu recommences. Viens avec moi, j'ai quelque chose à te montrer.

Sous un merveilleux coucher du soleil, laissant place à la lune pour guider nos pas, il m'emmène devant une sorte de mémorial, avec le nom inscrit de nos parents, le lieu est illuminé de bougies.

— Qui a fait ça ? Depuis quand ?

— Tes amis m'ont aidé. Comme tu ne bouges pas, nous avons pu le faire sans que tu t'en aperçoives...

— Eliott, j'aimerais... Tu sais que c'est compliqué... Je n'y arrive pas... je ne peux pas. Ne me force pas à faire comme si tout était fini ou normal. Ça ne l'est pas !

— Il est mort... Plus personne ne te fera de mal. Cesse de te punir...

— Je vois encore son visage, je sens encore son odeur... dis-je en pleurs. Rien ne sera comme avant, mes rêves sont brisés, je ne suis plus rien... Je n'existe plus. L'argent ne fera rien pour moi, cette ile, mes amis, toi ! Personne ne pourra m'aider.

Mon cœur se met à battre de plus en plus fort, que je m'assois par terre. Eliott s'agenouille à mes côtés, il me regarde impuissant les yeux brillants de tristesse.

— J'ai tué un homme, dis-je en tremblant.

— Mais tu es en vie !

— Non, j'aimerais mourir, car je ne me remettrai jamais de mes blessures, même si je me suis vengée.

« Le désir de vengeance est un empêchement invincible pour vivre heureux et content. »

L'Orient en proverbes (1905)

À PROPOS DE L'AUTEUR

Émilie Tulle, née en 1980, d'une mère martiniquaise et d'un père guadeloupéen. L'ainée d'une fratrie, mariée et maman de trois garçons.
Titulaire d'un baccalauréat, passionnée par l'écriture et la lecture depuis son plus jeune âge. Elle commence par écrire d'abord pour elle, puis décide de se lancer dans l'autoédition, avec ce premier roman, J'ai tué mon beau-père. Elle souhaite partager sa passion, et vivre une belle aventure en tant qu'écrivaine.
D'ailleurs son second roman est en cours, et elle n'est pas près de s'arrêter.